人生二周目の鏑木先輩

著：としぞう
イラスト：Bcoca

GCN文庫

CONTENTS

Kaburagi Senpai in the Second Lap of Life

プロローグ　鏑木先輩

高校に入学すると同時に、僕は自分がいかに『普通』であるかを思い知らされた。

一ヶ月経った今でも思い出す。入学式の、整然と並べられたパイプ椅子の一つに座り見上げた、壇上に立つ彼女の姿を。

「新入生の皆さん、ご入学おめでとうございます」

マイクを通して、スピーカーから電子的に変換されたものであっても、透き通るという表現が相応しい声。在校生代表として、定型的な挨拶文を読み上げる彼女の一挙手一投足が、彼女が『特別』なのだと証明しているようで、僕は妙な眩しさを感じていた。

彼女は、鏑木《かぶらぎ》美春《みはる》と名乗った。

聞けば、あの時感じた『特別』は間違いではなかったらしく、彼女はこの仙名高等学校《せんめいこうとうがっこう》の中だけに留まらず、世間からも既に大きな注目を集めているらしい。

女優のように美しく、勉学においても常に全国模試で上位に名を連ねるほどに優秀。

さらに特定のスポーツを専門としていないものの、あらゆるスポーツで活躍できるほどに地の運動能力が秀でている。

さらにさらに、かつてはジュニアモデルとして活躍し、そのモデル業を廃業した後、小説家としてベストセラー作家の仲間入りを果たし、高校生との二足のわらじでありながら自身で生計を立てるほどに稼ぎつつ、駅前にそびえ立つタワーマンションの高層階で独り暮らしをしているという。

まさに、文武両道。才色兼備。一人当千。有智高才。

言葉は知っていても、実際に口にすることは中々無いであろうこれらの言葉を、バカ正直に口にするようになるなんて、それまでの僕は思ってもいなかったことだ。

それこそ、もしも僕が誰かから、そんな設定盛り盛りな女性の話を聞いたとして、話半分に聞くどころか一笑に付し、信じなかっただろう。

けれど、実際にこの目で見た鏑木先輩には、それらの話が全て事実だろうと納得させるだけの何かがあった。ゲームとかでいう『オーラ』、みたいな。

彼女の実績、それに裏打ちされた自信が立ち振る舞いに表れていて、凡人の僕でも感じ取れる程度の説得力を生み出していたと言えば、いかにもそれらしい。

さて、そんなこんなで、僕は頭の中で彼女を『鏑木先輩』などと親しげに呼んではいるけれど、実際には親しいどころか、まったく接点は無い。

きっとこの高校生活三年間を以てしても、「同じ学校に在籍していた」以上の何かを得ることはないだろう。

将来、間違いなく今以上に有名になるであろう鏑木先輩の姿をテレビ越しに見て、友達や家族に、「僕、彼女と同じ高校だったよ」「たまに廊下ですれ違ったけど、当時からとんでもないオーラでビビったなぁ」なんてしょうもないエピソードトークを披露する自分の姿が今から目に浮かぶ。

彼女の口から自分の名前が出ることなんか絶対無いし、彼女の視界に僕が入ることはあっても背景と同価値で、認識されることすら無い。

僕と鏑木先輩は住む世界が違う。

自分を卑下しているわけでもなく、当然に、僕はそう思っていた。

……そう、思っていた。

「日宮友樹《ひのみやともき》くん」

他に誰もいない、学校の隅にある小さな部室で、彼女ははっきりと口にした。

日宮友樹。僕の名前を。

「改めて、こんにちは。突然のことで驚かせたかな」

彼女はめったに笑顔を見せない人だった。クールで、大人びていて、男子から見てもカッコいい、孤高の存在。

そんな印象を豪快に蹴り飛ばすように、彼女はにっこり微笑んでいた。

「本当はもっと待つべきかもと思っていたんだ。けれど、偶然にも絶好の機会が巡ってきたとあれば、みすみす見逃すわけにもいかないだろう？」

呆然と固まる僕に対し、彼女は一方的に、まるで舞台に立つ役者のように朗々と語る。

ほぼ初対面。入学式で壇上に立つ彼女を一方的に眺めただけ。まだ廊下ですれ違ってもいない。なのに、彼女は当たり前のように僕の名前を呼んでくる。まるで、幼い頃からの知り合いみたいな気安さで。僕を捕まえて、こんなところに連れてきて、真っ直ぐ見つめてくる。

「ああ、そうだ。まだ名乗っていなかったね」

そして、満を持したかのように彼女は、制服越しでもはっきり分かるくらいに膨らんだ胸を張り——

「私は鏑木美春。キミの未来のお嫁さんさ！」

清々しいまでのドヤ顔をし、声高らかに宣言した。

第一話　（自称）人生二周目の鏑木先輩

——私は鏑木美春。キミの未来のお嫁さんさ！

さ……さ……。

そんな、余韻たっぷりなエコーがかかった——と、錯覚するほどの沈黙が流れる。

僕は、そもそも今自分が置かれた状況さえ飲み込めていないのだ。

だから、それ以上に意味不明な、鏑木先輩の言葉について考えるだけのキャパはとてもじゃないけど残っていなくて、ただただ黙って彼女を見返すしかなかった。

「……ん？」

そんな反応が意外だったのか、しばらくドヤ顔を続けていた鏑木先輩は、困惑したように首を傾げた。

「キミ、ちゃんと聞いてた？」

「え、あ、まぁ、はい」

一応、聞いてはいたと思う。ほぼ右から左に流れていったけれど。

「聞いててその反応!?　私的には、それなりに、それなりの勇気を振り絞って言ったつもりだったんだけど!?」

「そう、言われましても……」

ダメだ。頭の中がぐちゃぐちゃになって、同時に色々な考えが生まれては崩壊していく。

とりあえず、順番に整理していこう。

まずは……そう、どうして僕が今、ここに、鏑木先輩と二人きりでいるかだ。

確か、ええと――。

◇◇◇

今日、僕は日直当番だった。

それで英語の先生に、宿題のノートを集めて持ってくるように言われていたので、放課後職員室に行ったんだ。

そうしたら、ついでだからと色々教材を運ぶのを手伝わされたり、先生の雑談に付き合わされたりして……気が付けば、すっかり夕方になってしまっていた。

校舎にはもう殆ど生徒は残っていないみたいで、遠くから吹奏楽部の楽器の音と、外からは運動部のかけ声が聞こえてきていたけれど、昼間に比べたらずっと静かで。

(思ったより遅くなっちゃったな)

僕は先生から解放された脱力感と共に、ボーッとそんな感想を抱く。

部活に所属していない僕にとって、こんな時間まで学校に残るのは初めてだった。

夕日の差し込む廊下は昼間の景色と違うこともあり、若干テンションが上がるけれど、これ以上残る用事も無いため、まっすぐ昇降口へと向かう。

そして、職員室のある2階から1階へ降りた時……僕は彼女を見つけ、思わず息を呑んだ。

（鏑木先輩……!?）

入学式以来、二度目に見る彼女は、顎に手を当て、じっと真剣な目で下駄箱を見つめ佇んでいた。

おかしいのは、彼女がいるのは自分達二年生のではなく、一年生の下駄箱の前だということ。

そして、心なしか視線が僕の靴に向いているような……いや、それは気のせいだと思うけれど。

（ど、どうしよう）

困った。靴を履き替えるには彼女の視界を遮って、内履きと外履きを交換しなければならない。

けれど、彼女ほどの人物に、僕如きが気安く声を掛け、邪魔するのは……なんだか良くない気がする。

　下手したら不敬罪とかで摘発されてしまうんじゃないだろうか!?

　そう悩んでいる間も、鏑木先輩は何か考え込むように固まって、動かない。当然、僕なんかにはまるで気が付いていない。

（こっそり、脇から一瞬手を伸ばすくらいならバレないか？　いや、もしもそれで見つかって、失礼と咎められでもしたら、僕の学生生活が終わる……！）

　ぐるぐると嫌な未来予想図が頭に浮かぶ。

　鏑木先輩を怒らせたことが噂になって、学校中から総スカンを食らったりとか、過激派に市中引き回しにされたりなんてこともありえなくない！

（いや、大丈夫だ。勇気を持て、日宮友樹。ちょっと前を失礼するだけじゃないか！　軽く声を掛けて、最速で靴を取り替えるんだ！　鏑木先輩なら、僕のような小市民、気にも留めない。たとえ、この瞬間は少し失礼なやつだと思われたって、数秒後には存在ごと忘れられるさ。うん。きっとそうだ！）

　僕はバクバクと音を立てる心臓を落ち着かせるように何度か深呼吸を繰り返した後、意を決して彼女の方へと踏み出した。

「あ、あの」

「ん？」

鏑木先輩がこちらを振り返る。

彼女の瞳が僕を映し、僕は次に言おうとしていた言葉を口にできないまま、固まってしまった。

(やっぱり、近くで見ると、本当にめちゃくちゃ美人だ……!)

そう思わずにはいられなかった。

体が、本能が、鏑木先輩という存在に敬服するかのように、彼女に見とれて目を離せない。

きっと彼女にとっては何でもない一瞬だろう。数秒どころか、今この瞬間から僕という存在を忘れ始めていてもおかしくない。

けれど僕は、この時間が止まったかのような錯覚を、きっと一生忘れない。

何度も何度も思い出して、夢に見て、心臓を躍らせるだろう。

そう確信して——。

「良かった!」

「……え?」

突然、ぱあっと無邪気な子どものような笑みを浮かべた彼女に、僕の思考は見事に吹き飛ばされた。

「靴が残っているからもしかしてって思ったけれど、まさかこんなにタイミング良く現れるなんて！　ふふふっ、やっぱり私達、運命で結ばれてるのかな？」

「へ？　う、うんめい……？」

「おっと、立ち話もなんだし、移動しよっか。いいところがあるんだ。そこでゆっくり話そう！」

鏑木先輩はそう早口に喋って、僕の腕を掴む。

「っ!?」

ビリビリッと全身に電流が走るような感覚。

細く、しなやかな女の子の腕なのに、まったく払える気がしない。というか、脳が腕を動かすという機能を忘れたみたいに、僕は動けなくなってしまう。

「ん、どうした？」

「え……いや、あの！　人、間違えてませんか!?」

僕は必死に頭を動かし、なんとかそう言葉にした。

状況はまったく分からなかった。

でも、鏑木先輩が僕に笑いかけ、腕を取るなんて、そんなの夢でだってありえないってことだけは分かる！

「ふふっ」

なのに……鏑木先輩は、ただ静かに笑った。

すごく嬉しそうに、ご機嫌に、無邪気に。

愛おしげに、僕を見つめてくる。

「間違えていないよ。日宮友樹くん」

そして鏑木先輩は、答え合わせをするように、僕の名前を呼んだ。

◇◇◇

……そうだ。

それで、ここに連れてこられたんだ。

西棟、6階の端っこ。たしか部屋のネームプレートには『文芸部』と書かれていた。

部屋の中央には長テーブルが二つ、くっつけて並べられ、周りにパイプ椅子が四脚置かれている。

テーブルの上にはノートパソコンが開いた状態で置かれていて、その周りにはぐちゃぐちゃに丸められた紙屑が多数……。

「あはは、これは気にしないで。ちょっとネタ出しの最中でね」

先輩は苦笑しつつ、テーブルから紙屑を払い落とした。なんか雑だな!?

「どうぞ、座って」

少々気圧されつつ、鏑木先輩に促されるまま椅子に座る。

鏑木先輩自身も僕の向かいに腰を掛け、そして……先ほどのやりとりがあったというわけだ。


（そうだ。そうだった。そうだった……んだよな？）

さっきまでのことを思い出して、自分に何が起きたのか整理して、それでも半信半疑になってしまう。

だって、相手はあの鏑木先輩だ。

天から二物も三物も与えられた、決して僕なんかとは人生が交わるはずもないであろう『特別』な存在。

それが何で、僕の名前を知っていて、こんなところにわざわざ連れてきたのか。

僕には全然分からない。理由が思いつかない！

あるとしたら……。

（知らないうちに、目をつけられていた、とか……？）

もちろん、悪い意味で。

例えば、僕も気が付かないうちに鏑木先輩の機嫌を損ねる失礼をしてしまっていたとか。

そうでなくても、平々凡々を地で行く男だ。つつもたせとか、カツアゲとか、そんな感じのターゲットにはちょうど良い、なんて……。

「おーい、大丈夫かい？」

鏑木先輩が僕の顔の前で手を振る。

「そんなに怯えないで欲しいなぁ。別に取って食おうというわけじゃないんだから」

ハッとした僕に、先輩は苦笑いを浮かべた。

「やはり正面突破じゃだめか。相変わらずで、ちょっとホッともするけれど」

「相変わらず……？」

「いや、まあ、こっちの話さ。えぇとね、キミをわざわざここに連れてきたのは……そうだっ！」

先輩は何か思いついたように、ぱちんと指を鳴らした。

「現在、我が文芸部は新入部員を募集していてね。ぜひともキミに、入部してもらいたいと思ったんだ」

「文芸部……そういえば、教室のプレートにも書いてましたけど……」

入学してすぐに配られた部活動一覧の中には、そんな部は無かった気がする。

「ええと、他には誰が所属しているんですか？」

「現在部員は一名。つまり、私だけだね！」

「えっ」

「まぁ、色々事情があるのさ。でも、一人でいなきゃいけないという縛りがあるわけじゃないんだ。せっかく高校生をやってるんだし、私も後輩を作り、先輩面ってものをしてみたい気持ちはある。と、いうわけで……」

鏑木先輩はどこからともなく封筒を取り出し、中に入っていた紙と、ボールペンをこちらへ差し出してきた。

「今キミは帰宅部だろう？　うちは比較的自由で活動が盛んというわけじゃないし、余裕がある時だけ、ここに来てくれればいい……どうかな、友樹くん？」

改めて、名前を呼ばれるとドキッとしてしまう。

けれど、僕が勝手にイメージしていた彼女と、実際の彼女の間には大きなギャップがあると気付かされていた。

実際に話してみると、鏑木先輩に抱いていた高貴さというか、高嶺の花ゆえの近づきがたさみたいなものはあまり感じなかった。

表情豊かで、笑顔も朗らかで、普通に親しみやすい。とんでもない美人であるのに変わりはないけれど。

（鏑木先輩と一緒の文芸部……）

先輩の言うとおり、僕は帰宅部で、正直どの部活にも入る気は無かった。

そもそも僕には、どこかの部活に入るほどの情熱や興味が欠けているし、ちょっとした家庭の事情もある。

だけど、鏑木先輩はそんな僕の内情まで察している感じがする。

活動は自由で、来たい時だけ来ればいい。そんな入っても入らなくても同じような部活を、あの鏑木先輩と二人きりで……？

（って、なに変な期待してるんだ、僕は!?）

一瞬頭に浮かびかけたよこしまな考えを、頭をぶんぶん振って追っ払う。

「だ、大丈夫かい？」

「ええ、まぁ、その……」

さすがにこれは読まれなかったみたいで、内心ホッとしつつ……僕は呼吸を整えて先輩に向き直った。

やっぱりとんでもなく美人で、オーラのある人だ。

気を抜けば呑まれそうではあるけれど、想像していたよりは、怖くない。

僕なんかとは到底釣り合いの取れない、特別な人というのは分かっている。

でも、もしも先輩が困っていて、僕が力になれるなら……手を貸さないのもまた、罪になるんだろう。

「お誘い、ありがとうございます。その……もしも、僕でいいなら」

「本当っ!?」

きらん、と瞳が輝きを放った。

「ふふふっ、ありがとう。キミならきっと受け入れてくれると思っていたけれど、嬉しいよ」

「は、はあ……」

真っ直ぐぶつけられる期待、信頼。

なんで僕が彼女にそんな感情を向けられるのかさっぱり分からないけれど、なんかこそばゆい。

「それじゃあ早速、書類に署名をしてもらおうか」

「ああ、入部届ですね」

ここで僕は、先ほど先輩が差し出してきた用紙に初めて目を落とす。

名前くらい、ささっと書いてしまおう——。

(……ん?)

僕はふと違和感を覚えて手を止めた。

先輩から受け取った紙……なんかデカくないか?

それに書く欄が多い。

氏名の他に、住所とか、本籍……?

それに、なぜか父母の氏名に……証人!?

あと、なぜか用紙には僕の氏名欄とは別に、既に先輩の名前も書いてある。

不審に思い、この書類の名前が記載されている左上に目を向け……思わず、すっ転びそうになった！

「せ、先輩!?　これ、『婚姻届』って書いてません!?」

なんで!?　どうして!?

入部届が婚姻届にすり替わってる!?　いや、最初からそうだったのか!?　いや、なんで!?

「ん？　どうかしたかい、友樹くん」

訳が分からず混乱する僕に、先輩はにこーっとお手本のような笑顔を向けてくる。

「いや、あの、これ入部届じゃなくて――」

「入部届さ。ああ、正確には、魔法の入部届だけれど」

「ま、まほう……!?」

「その入部届は、なんと驚くことに、見る者が本当に求めるものに姿を変えてしまうのであるっ！」

「へ……？」

「つまり、仮にだ。もしも友樹くんには、その入部届が、もしもも～しも婚姻届に見えるというのならっ！　……そういうことになるのかなぁ」

にやにやと、楽しげな鏑木先輩。

何言ってるんだ、この人。子どもだましにしたって、もっとマシな言い方があるんじゃないか？

「いや、魔法とか、ちょっと僕には分からないんですけど。魔法でも何でもなく、普通に普通の婚姻届ですよね」

「なぁに、仮にそうだったとしても、やることは入部届と同じさ。ただ名前を書くだけなんだから」

「同じじゃないですよね。もしもこれにサインしちゃったら、先輩、僕と結婚することになるんじゃ……!?」

鏑木先輩と結婚。

自分で口に出しておいてアレだけど、あまりの荒唐無稽さに気を失いそうになる。

「大丈夫だよ。仮に婚姻届に記名したとしても、いきなり結婚することにはならないから。ちゃんと役所に提出して受理してもらわないと。それに、この国では男女共に18歳になるまでは結婚できないしね」

「た、確かに……？」

「しょせん遊びだよ。だからほら、さっさと書いちゃって」

「いや、続けるんですか!?」

「私はこう見えてこだわり派なんだ。小さい頃から、一度こうと決めたら中々曲げないと近所じゃ評判でね」

「本気か冗談か分からない……!!」

「ふふふ。どちらだって同じことさ。さあ、はーやーくー」

鏑木先輩はまるで歌うみたいにそう催促しながら、ゆっくり僕の背後に回り込む。

「ひぅっ!?」

そして、背中から体重を預けるみたいに、む、胸を押しつけてきたッ!?

「ほら、ここにキミの名前を書くだけさ。入学願書にも、テストの解答用紙にも、これまで幾度となく書いてきただろう？　それが、今回はたまたま、婚姻届の『夫になる人』の欄ってだけさ」

「お、おっとって……」

「ほらほら。ひーのーみーやー」

「わっ、分かりましたよっ!?」

天才の考えることは凡人には到底理解できない。

それでもはっきり分かるのは、この、後ろから鏑木先輩に抱きつかれている状況は、とても『彼女いない歴＝年齢』な僕には耐えがたいものだということだ。

制服や下着が間に挟まっているとは思えない柔らかな感触も、きっとどんな香水より男

を魅了するであろう香りも、なにもかも。

僕は、漫画のキャラクターの如く鼻血を噴射してしまう前に、できるだけ無心を装いつつも勢い任せに氏名欄を埋めた。

「よくできました」

それを見届け、鏑木先輩はするっと婚姻届を奪い取る。

そして向かいに戻ると、先ほどの封筒に丁寧な手つきでしまった。

「……それ、どうするんです」

「ふふふ、ちょっとしたタイムカプセルさ。2年と5ヶ月後をお楽しみに、といったところだね」

人差し指を唇に当て、嫋《たお》やかに微笑む先輩。

2年と5ヶ月。

ちなみに僕の誕生日は10月4日。

彼女の言っているタイムカプセルの開封時期が、僕が18歳になるのと重なる気がするのは気のせいだろうか。

「それじゃあ、おまけ。えーっと、入れてたはずだけど……んー？」

先輩はそう言って、自身の鞄をごそごそ漁る。

そして、先ほどの婚姻届とはまるで逆、すっかりしわくちゃになった紙を抜き出した。

「あった！　今度はこれに名前を書いてもらおっか。ああ、学年とクラスもね」

「おまけじゃなくて、これが本題じゃないんですか」

「おまけさ。だって、結婚という人生の一大イベントの前じゃ——いや、現時点だと婚約かな。どちらにしろ、それと比較したら、入部のするしないなんて些細なことだと思わないかい？」

　あ、頭がくらくらしてきた。

　いや、ここに連れてこられてからずっと酸欠のような感覚に囚われ続けてはいたけれど。僕の頭じゃ、先輩の発想というか、世界観にはついていくのが厳しいみたいだ。

「ふふっ、その癖。この頃からそうなんだね、友樹くん」

「へ？」

「困ったり悩んだり、頭が疲れるようなことを考えている時に、左手の人差し指と中指でおでこを揉むって癖さ」

　確かに無意識にそんな仕草を取っていた。

　でも、癖なんて言われたのは初めてだ。

　言われてみれば、体に染みついた動きな気もしなくもないけれど……なんで鏑木先輩が僕の癖なんて把握してるんだ？

　いや、そもそも最初からそうだ。

彼女は僕が名乗るより前から、僕を名前で呼んできた。僕なんて名前が一人歩きするような人間じゃないのに。

そして、僕と先輩が話すのは今日が初めてのはずなのに、先輩の態度は初対面の相手に向けたものじゃなくて、もっとずっと親しい相手に向けたものに感じられる。

「ふふっ、悩んでる、悩んでる」

「う……」

また、つい先ほど指摘された癖を見せてしまい、僕は慌てて手を引っ込め、誤魔化すように入部届に記入した。

「は、はい。書きました！」

「うん、確かに。これは早速顧問の先生に出しておこう。ま、活動実績が無いから、ユーレイ顧問だけどね」

先輩は、本当に出す気があるのか疑いたくなるくらい雑な手つきで、僕の入部届を鞄に突っ込んだ。

それこそ、本当は出すはずの無い婚姻届と真逆の対応……本当に入部届がおまけで、婚姻届が本命みたいな。

「……あの、先輩」

「んー？」

「さっきの婚姻届、本当にただの遊びなんですよね」

「ああ、もちろん」

先輩はにやっと自信満々に口角を上げた。

「だって結婚で大事なのは二人の絆だからね。婚姻届の提出なんてただの儀式。それ自体はなんてこともない……形だけのお遊びみたいなものだろう？」

「いや、そういう意味で言ってるんじゃなくて！」

なんだろう。僕はこの人が分からない。

いや、もしかしたらこうなんじゃないかって予想は浮かぶんだ。

でも、その予想にはあまりに現実味が無い。

先輩の言葉や、仕草、表情から真っ直ぐ伝わってくる感情は、つまり、それを言語化するのなら――

「先輩は、本当に僕なんかと結婚するつもりなんですか」

「ああ。するよ、結婚」

思わず、頭の中に浮かんだ疑問をうっかり口に出していた。

そして鏑木先輩は、そんな失投を見逃さず、思い切りバックスクリーンに打ち返した。

「…………」

「なんだい、その顔は。キミが聞いてきたのに」

先輩はくつくつ笑う。

僕の表情がギャグ的に面白いとかじゃなくて、空気感を楽しんでいる、そんな感じ。

「最初に言ったじゃないか。私はキミのお嫁さんだって」

「い、言ってたような、あまりに突飛で聞き流したような……」

「まぁ、そういう気の抜けたところもキミらしいけどね」

「いや、でも、待ってください！　僕と先輩が話すのは、今日が初めてですよね!?　なんで、そんな、いきなり結婚とか……アレですか!?　ダーツのボードに全校生徒の名前を貼って、矢が僕の名前に刺さったから結婚することにしたとか、そんな感じですか!?」

「それは愉快な考えだけれど、さすがに結婚という人生の一大事をダーツで決めようというのは、異常と言わざるを得ないんじゃないかな……？」

「なんか僕が引かれてる!?」

僕はそうするのがいいって言ってるんじゃなくて、それくらい先輩が僕と結婚するっていうのは無茶苦茶な話なんだって言いたいだけで……!!

「まあ、キミの混乱も分かるよ。だって、本来なら私達が出会うのは、今より24年先になるからね」

「は……？」

「私達は24年後、私が40歳、キミが39歳の時にお見合いで出会い、約半年の交際期間を経て結婚するんだ」

「な、何の話ですか？　お、お見合いって？」

「一周目の話さ」

鏑木先輩は、何かを懐かしむように、優しげに目を細めた。

僕を見つめながら、けれど僕じゃない何かを見るみたいに。


「友樹くん。私はね、人生二周目なんだ」


「……はぁ？」

にしゅうめって、なんだ？

「私は一度、人間一人分の人生を謳歌し、全うしたんだ。けれど、どういうわけか、往生した後再び、この『鏑木美春』としての人生をやりなおしている」

「え、ええと……」

「ん、伝わらないかな。そうだなぁ……キミはゲームが好きだろう？　ほら、ＲＰＧとかでたまにあるじゃないか。周回プレイ用に、装備とかレベルを引き継いで最初から始めるっていう感じの……そう、強くてニューゲーム！　みたいな感じかな？　まぁ、引き継いだのはレベルと装備じゃなく、記憶と知識だけどね」

……何言ってるんだ、この人。

これが天才ってやつなのか。人生なんてゲームみたいとか、そういう感覚だから逆に色々なことが上手くいくとか……？

「いやぁ、私も最初は何が起きたのか分からなかったよ。でも、なってしまったものは仕方ないだろう？　せっかくの二周目なのだから、一周目より充実させないとってね」

「はぁ……」

「でも、やっぱり私にとって一番充実した時間はキミと一緒に過ごした日々だった。愛する人と同じ時間を共有するのは、本当に素晴らしいことだ。でも……惜しむらくは、その出会い自体が遅かったのさ。当時の私はあまり体が丈夫じゃなくてね、年齢的にも子どもは諦めようって話になったから」

「こ、こども!?」

あまりに無茶苦茶で、到底信じられる話じゃないけれど、先輩は真剣だ。

だって、人生二周目って！　一度終わった人生を、また一からやりなおすなんて、そんなの創作の中でしか聞いたことがない。

前世がどうとか、生まれ変わりがどう、みたいな話は、たまに都市伝説的なやつで聞くけれど、人生二周目に関してはそれさえない。

つまり、常識的に考えれば……鏑木先輩は、変だ。

「つんつーん」

「ひゃっ!?」

いつの間にか、テーブル越しに身を乗り出していた先輩が、僕の鼻先をつついてきた。

身を乗り出すもんだから、その、襟の隙間から、うっすら中が見え、見えそう……!?

「またボーッとしてたね？」

「はっ！　あ、いや！」

「まったく」

窘《たしな》めるように溜息を吐く先輩。

けれど、怒った感じは一切無い。それどころか、楽しげだ。

「あの頃ならともかく、今のキミは思春期の真っ只中の男子高校生だ。私のような色気ムンムンな超絶美人に求婚されたとあれば、とりあえず喜ぶものじゃないのかい？」

「美人とか、自分で言えちゃうんですね!?　いや、事実ですけど」

「ふふふ。そう素直に褒めてくれるところ、好きだよ」

「うっ」

好き、という言葉に、無条件に心臓が跳ねる。

「ううん、訂正。大好き。愛してる」

「ステップアップが激しすぎる!!」

「事実だからね」

大好きとか、愛してるとか、そんな簡単に口にできる言葉じゃない。

なのに先輩は、当たり前のように言ってのける。

そこに変な照れや、嘘っぽさは一切感じさせない。

だから余計に混乱する。もしかして、彼女は本気で僕のことを……なんて、ありえない話を鵜呑みにしてしまいそうになる。

(やっぱり変だ、この人)

結局僕は、そう一旦の結論を出した。

少なくとも今日、この場で鏑木先輩に対するイメージが塗り替えられたのは言うまでもない。

クールで近寄りがたい孤高の天才から、どこか調子の良い無邪気な笑顔が似合う、一個上の先輩に。

第二話　鏑木先輩はやっぱりおかしい

僕が初めて鏑木先輩と会話を交わした、その翌日。

一晩明けた今になっても、未だに僕はその時の会話に囚われたまま、抜け出せずにいた。あまりにぶっとんだ話を聞かされ、正直、あの後どうやって自分の家に帰ったかも覚えていない。

だって、雲の上の存在だったあの人から、お嫁さんだの結婚だの、人生二周目だのと一方的に言われ続けたんだ。

僕には、それが本当なのか嘘なのかも分からなくて……それどころか、時間が経つほどに、あれは現実だったのか、実は夢だったんじゃないかとだんだん疑心暗鬼にもなってきて……おかげで全然寝られなかった。

「ふあぁ……」

もう何度目かの欠伸《あくび》を噛み殺す。

顔を洗えば、朝食を食べれば、登校すれば……きっとどこかで収まるだろうと願っていた眠気は、期待とは違ってどんどん強くなっていた。

そして、学校に着いてしまった今、これから待ち受ける授業の数々を居眠りせずにやり過ごせる気がしない。

（どうしよう。ホームルームまでまだ時間あるし、今のうちに少しでも睡眠を取っておいた方がいいかな……？）

そう思い、腕を枕につっぷして寝る体勢を取ろうとした瞬間、ぱしんと肩を強く叩かれた。

「よう、友樹！」

「……おはよう、晃《あきら》」

非常にタイミング良く現れた友人に、僕は若干のしんどさを覚えつつ、力ない挨拶を返す。

彼は比嘉《ひが》晃。小学三年生の時に晃が転校してきて、たまたま席が近かったのをきっかけに、中学、高校と仲良くしてくれている。

１８０㎝に迫る長身でガタイも良く、所属するサッカー部では入学一ヶ月で早速レギュラー争いをしているとか。

それでいて顔もカッコいいものだから、当然、小、中、そして現在の高と、どこでも女子の視線を集めまくっている。

正直、一般人の僕からしたら眩しすぎる存在だけれど、彼が気の良い性格というのもあって、案外友達としては気が合うんだよな。

「朝練お疲れ」

「おおっ……って、俺のことは今はいいんだよ」

ニヤッと無邪気な笑みを浮かべた晃は、周りに聞こえないよう、耳元で囁いてきた。

「お前、昨日部室棟の方にいたよな？」

「えっ！」

「グラウンドから見えたんだよ。お前が廊下歩いてんのが」

「グラウンドからって……それ部活中だろ」

「部活中でもゲーム中でも、知り合いが思わぬところにいれば気になるもんだ」

晃は当然のように言ってのけた。

普通なら部活に集中している最中に気が付かないと思うけど……いや、僕のような凡人に天才の行動は測れない。

僕が部室棟にいたのは事実なのだから、疑っても仕方がない。

「どこかの部活でも見学してたのか？　家のことがあるから、興味無いっつってたけど」

「いや、まぁ……ちょっと誘われて」

「へぇ～、誘われて」

そう繰り返しつつ、にやっと笑う晃。

彼のこの笑みには何かと見覚えがあった。

晃は前述の通りモテる。けれど、部活人間で自身の恋愛には興味が無い。

ただ逆に、他者の恋愛やゴシップには、並々ならぬ関心を持っていた。

――俺は恋愛する時間無いけど、他人の話で楽しむ分にはタダだろ？

なんて、良いのか悪いのか分からないことを普段から言っているやつで……あれ？

（じゃあ、なんで僕が部室棟を歩いていただけでこんな表情を……歩いていたのが見えた？）

つい聞き流していた。いや、そこまで気が回っていなかった。

晃が、僕を部室棟に行くタイミングで目撃していたなら、そこにいたのは僕だけじゃない！

「お前……嵌《は》めたな!?」

「いやいや、ちょっと遠回しに聞いただけだって」

おそらく、最初からストレートに聞いても僕は誤魔化そうとすると思ったのだろう。実際、僕も昨日のことは一旦自分の胸の内だけに収めておこうと思っていたし。

「おは～、トミー、アッキー」

「おお、丁度良いところに来たな、コバヤシ！」

「コバヤシじゃない！　大林《おおばやし》!!」

そう新たに会話に加わってきた美少女は僕達の友人であるコバヤシ……本名、大林涼《りょう》子《こ》だ。

彼女は中学からの付き合いで、当時から普通に話せる友達って感じだったけれど、高校進学後は数少ない同中《おなちゅう》出身同士として余計に仲良くなり、一気に三人でいることが増えた。元々彼女は男女の壁無く、誰とも気さくに話せるコミュ力の塊だったこともあり、今では長年の付き合いに錯覚してしまう。

ちなみに、『コバヤシ』というのはあだ名で、単純に彼女の背が常に背の順で先頭を飾る程度には低いことに由来する。由来するってほど仰々しいものじゃないけど。

「つか、アッキー。丁度良いところに来たってなんのこと？」

「おおっ、それが、いよいよ友樹にも春が来たらしいんだよ！」

「ええええっ⁉　あたしらの冬担当、年中枯れっぱなしのトミーに春が⁉」

「いや、勝手に枯らすなよ」

「誰とも付き合ってないって意味じゃ、コバヤシも同じだしな」

「それ言うならアッキーもでしょ。あーあ、あたしら三人、枯れ草トリオだわぁ」

「でもぉ？　そんなトリオの中からぁ？」

「この度トミーが一抜けぴっ⁉　そりゃあ、詳細キボンヌするしかねぇぜ！」

息ぴったりに、キランと目を輝かせる晃とコバヤシ。

一人増えただけなのに、三倍くらい騒がしいのが実にやっかいだ。

まぁ、僕が逆の立場なら、同じくらい盛り上がっただろうけどさ。

「ちなみに、お相手はどちら様で？」

「それが聞いて驚くなよ？　……なんと」

話が漏れないよう、小声になって顔を寄せてくる晃。一応周囲に配慮しているのが憎い。怒るにも怒りきれない。

それに合わせるコバヤシ——僕ら三人固まって、周りからしたら相当変な図だ。

「なんとあの、鏑木美春だったんだよ……！」

「な、なんだってー!?」

やっぱり見られていたのか……。

僕が部室棟を歩いているタイミングは、行きならば先輩に連れられている時だ。しかも、手を引っ張られていた。

偶々《たまたま》同じタイミングで、同じ廊下にいただけと言うのは……やっぱり苦しいだろうな。

「……って、鏑木美春って、まさかあの鏑木美春？」

「俺は鏑木美春って言ったらあの鏑木美春しか浮かばねぇな。当然、見間違えることもない。だってオーラが違うし」

「それが、トミーと？」

「実際に見た俺も半信半疑だったけど、カマ掛けてみたら部活に勧誘されたって言ってた」

「マジかよ、鏑木パイセン都落ちじゃん！」

「人を大貧民扱いしないでくれませんかね……」

そこは逆玉の輿に乗ったとか言うんじゃないだろうか。いや、乗ってないし、不名誉極まりないことには変わりないけど。

「いやいや、でもさ。なんで鏑木パイセンがトミーを部活に誘うのさ」

「それをこれから聞くところだ」

「なるほど。それではトミー氏、お願いします」

「い、いやぁ……」

言いたくない。こいつらに昨日のことを話せば、絶対に騒がれてオモチャにされるに決まってる。

というか、あんな無茶苦茶な話、僕でさえ整理がついてないっていうのに！

「ほうほう、トミー氏、黙秘権というやつを行使するつもりですな？」

「いいのかなぁ、そんなことして。俺達、あること無いこと勝手に想像して余計に期待膨らましちゃうぜ？　そりゃあ長い付き合いのお前に春が来たってだけでビッグニュースなのにさぁ、相手があの鏑木先輩となりゃあ、話題性はさらに爆上がりだしな」

「つーかあたし、あの人のこと火星人とかだと思ってた」

「かぐや姫的なな－」

「それは月でしょ。ぎゃははは（謎の棒読み笑い）」

まぁ、宇宙人っぽいというか、遠い存在に思えるのは否定しない。

話してみたら……まぁ、余計に遠くなったというか、常識とは乖離《かいり》した人だな、と。

にしてもこいつら、完全に遊ぶモードに入っている。

放っておいたらどんどん調子に乗って、明日には「付き合い始めたか」とか、来週には「もう結婚秒読みか」とか好き勝手言って――

――先輩は、本当に僕なんかと結婚するつもりなんですか。

――ああ。するよ、結婚。

「うっ……」

つい、昨日の会話を思い出してしまった。

「ん、どうした友樹！」

「むむっ、これは思い出し呻《うめ》きと見たっ！」

「なんだとっ！　何を思い出したんだ、友樹！　吐け！　吐くんだ！」

「食うか!?　カツ丼食うか!?」

フラッシュバックに少し顔を歪めたのを見逃さず、ぐいぐいっと迫ってくる二人。

なんとも鬱陶しく、暑苦しい。

「……分かったよ、言うよ」

そして僕は折れた。

後数分でホームルームだし、この時間を逃げ切ろうと思えば逃げ切れるだろう。けれど、晃は僕の前の席だから逃げられないし、少し離れた後方に座るコバヤシは、ホームルーム中だろうが、授業中だろうが消しカスの塊やメモを丸めた手紙などを容赦なく飛ばしてくる狂人だ。

放置したままではまともに授業は受けられないし、下手すりゃ先生に僕ごと叱られる。さらに昼休みを迎える頃には余計にフラストレーションを溜め、尋問もエスカレートしてくるに違いないので、今のうちにガス抜きしてやるのが最適解だろう。

そう、信じる。

「別にお前らの期待するような話は無いよ。ただ部活に誘われただけ」

「いや、それは聞いたけどそれ以外に無いのかよ」

「……無い」

婚姻届のくだりとか、人生二周目のくだりとかは、さすがに言えない。

余計に傷口を広げるだけだし、何より、誰かに説明できるほど咀嚼《そしゃく》し切れていないからだ。

「てか、鏑木パイセンって部活入ってたの？」

「確か文芸部って聞いたことあるぜ。うちの先輩が言ってた。なんか、あの人のために設立された部なんだってな」

晃の言葉に、僕は少し驚きつつも納得していた。

先輩は、文芸部に自分しかいないことを、事情があると言っていたけれど、先輩のために作られたというのなら、実にそれらしい。

「でもさ、その自分だけの文芸部にトミーを誘う理由が分かんなくない？　元々知り合いだったとか？」

「いや、知り合いじゃないけど」

「じゃあ余計分かんないね。なんか目的でもあんのかな」

首を傾げるコバヤシ。そして晃も黙ってしまう。

先輩が僕を勧誘した理由。本人の言葉を真に受けるのなら……。

「せっかくの部活なんだし、後輩を作って先輩面してみたくなった、とか」

そんなことを先輩は言っていた。

一人だけの部活なんて、部活って言えるのか怪しいし、僕的には特に疑問は無かったのだけど、コバヤシは納得できないみたいに、うーんと唸《うな》った。

「あの、天上天下唯我独尊みたいな、特別オーラ放ってるパイセンが、そんな普通っぽいこと考えるかなぁ。てか、そのターゲットがなんでトミーなのかっていう答えにはなってないし」

「いやいや、俺達が勝手に特別扱いしてるだけで、あの人も中身は案外普通なのかもしれないぜ」

「そっかな〜？」

「それに、ただ誰でも良いから後輩を作りたいってだけなら、本当に偶然友樹が選ばれたって可能性もある」

石を適当に放れば誰かに当たる。それがたまたま僕だった。

僕にフォーカスすれば、とんでもない確率って思えるけれど、結局誰かしらが当たるなら、やっぱり可能性はゼロじゃない。

（でも……先輩曰く、僕を狙い撃ちしてたんだよな……？）

鏑木先輩と僕を並べれば、偶然以外に結びつける要素は無い。僕自身、そう思う。

けれど、僕が晃とコバヤシに黙っているあの話は――

「まぁ、落ち込むなって！」

「痛っ!?」

僕が黙り込んだのを、晃は落ち込んだと取ったらしい。

元気づけるように、ばしんと肩を叩いてきた。

「たとえ偶然だっていいじゃねぇか。鏑木先輩っていう、すっげぇ美人で、プロの小説家なんていう、とんでもないスターとお近づきになれるチャンスだろ？」

「それは、確かに」

コバヤシはまだ腑に落ちていなそうだったけれど、晃の言葉には頷いていた。

「まぁ、作家なんてあたしら凡人にゃ何考えてるか分かんないしさ。トミーも何か騙されたりしないよう気をつけなよ？」

「ああ。心配してくれてありがとな、コバヤシ」

「心配っていうか……つーか、さっきから、あたしはコバヤシじゃなくて大林だかんね!?」

そんなおなじみのくだりが出たところで、ホームルームのチャイムが鳴り、この場は解散となった。

鼻息荒く自席に戻るコバヤシを見送り、僕はぐったりと脱力する。

とりあえず、晃とコバヤシの興味にはある程度決着がついたか。

でも、僕は鏑木先輩が偶々僕に声を掛けたわけじゃない……と、そう本人が言っているのを知っている。

そして、その理由こそ、一番僕を悩ませているもので――

――私は鏑木美春。キミの未来のお嫁さんさ！

――私達は24年後、私が40歳、キミが39歳の時にお見合いで出会い、約半年の交際期間を経て結婚するんだ。

ああ、一言一句違《たが》わず思い出せてしまう自分って……。

先輩から投げつけられた、強烈で、刺激的すぎる言葉の数々は、ちょっとやそっとじゃ忘れられそうにない。

コバヤシに疑問を抱かれる以前に、僕自身、自分が平凡であるという自覚を持っている。

偶然にしたって鏑木先輩が僕に目を向けるなんて思わない。思えるはずがない。

けれど、彼女は一方的に僕を知り、僕を選んだ。

――友樹くん。私はね、人生二周目なんだ。

そんな、到底信じられない理由で。

(騙されないように気をつけろ、かぁ……)

人生二周目。強くてニューゲーム。

12月24日の深夜に枕元に置かれた靴下へプレゼントを放り込む真紅の老紳士の都市伝説のように、僕が小学生低学年とかそれくらいの子どもであれば、目を輝かせて信じられただろうに。

残念ながら、今の僕はそんな漫画の中にしか出てこないような話を信じられるほど無邪気になれない。

けれど……

——事実だからね。

否定してしまうには、先輩の目はあまりに真っ直ぐだった。

信じられない。けれど否定もできない。

僕はどっちつかずに、答えをただ保留するしかなかった。

「悪い、朝の会議が長引いてちょっと遅れた。ぱぱっとホームルーム始めるぞ。日直ー」

担任が駆け足で教室に入ってくる。

そして、日直が「起立」と号令を掛けた時——タイミング良く、ポケットでスマホが震えた。

号令に合わせ、礼と挨拶をし、再び席に座ると同時に、僕は担任にバレないよう机の下でスマホを開いた。

普段だったらホームルーム中くらい我慢するのに、なぜか今回は無性に気になった。

通知欄に表示されていたのは、普段あまり使わない、『ショートメール』という電話番号だけでメールを送り合えるアプリだった。

『今日のお昼休み、部室に来られるかい？』

知らない電話番号からの、初めての連絡。

けれど、僕は一切の誤解無く、それが誰から送られてきたものなのか理解できた。

一瞬、頭の中にぐちゃっと色々な感情が渦巻いた。

でも、そのどれもが形になる前に、僕はすぐさま返信する。

『分かりました』

騙されているのかもしれない。この人にとって、僕はただのオモチャなのかもしれない。けれど、それでももう一度会ってみたいと思ったのは、多分……晃が言っていた、「チャンス」って言葉が一番合っているのだろう。

（って……あれ？　そういえば、あの人と電話番号なんて交換したか……？）

不意にそんな疑問が頭に浮かんだけれど、なんだかあまり考えないほうがいい気がしたので、僕はすぐさま頭から振り払うのだった。

◇◇◇

「いやぁ、ごめんごめん！　キミと話せたのが嬉しすぎて、ついうっかり連絡先を交換するのを失念してしまったよ！　まぁ、キミの番号を覚えていたおかげで、ショートメールは送れたし、結果オーライというやつかな？」

先輩は、会うなり早速答え合わせをしてきた。

「番号を覚えてた……」

「うん。だって、高校の頃から変えてないって聞いてたから」

「……それは、『前回の僕』に、ですか」

「そうだよ」

　にこーっと笑う先輩。

　あまりにもあっさり言うので、僕も「そうですか」としか返せない。

　まぁ、僕の電話番号なんて多分それほどレアじゃないしな！

　一般人だし！　そんなに需要無いし！　セキュリティ的にもちょっと検索したら簡単に出てきそうだし！

　……と、自分を納得させてみようと思ったが、どうにも無理がある。

　たとえ僕が一般人で、僕の携帯の電話番号に鏑木先輩の億分の一程度も価値がないとしても、ネット検索で出てくるくらいカジュアルに拡散されていい理由にはならない。

　ならば、情報源が前回の僕というのは、逆に安心かも……いや、でも、先輩の言う通りなら僕らが出会ったのは40歳くらいの話なんだろ？

　それまで、高校から電話番号を変えていないなんて無理がないか？　20年以上先だぞ？

「電話番号は本人確認とか各所の登録に使うからね。電話番号を変えて、それらを一々変更して回るのが面倒だって言っていたよ」

「あ～……」

　言いそう。僕、実に言いそう。

実際、先ほど先輩に電話番号が知られていたことに多少怯えても、電話番号を変えようなんて思いもしなかったもんな。迷惑電話がひっきりなしに掛かってくるとかなら、また別の話だけど。

まさか自分のことで他人からこんなに納得させられるなんて思っていなかった。

「とはいえ、電話番号を一方的に知っているのはフェアじゃない。なので、改めて連絡先の交換と行こうじゃないか。キミもコネックはやってるよね？」

「ええ、まあ、はい」

コネック。スマホが普及した現代で、メールを押しのけ普及率ナンバーワンの座を射止めたメッセージアプリだ。

チャットみたいに、感覚的なやりとりが可能。スタンプという、簡単な挨拶をイラストに乗せて送れる機能や、通話機能を兼ね備えている。

「じゃあ、二次元コードで。はい、どうぞ」

「あ、はい。読み取ります」

僕は促されるまま、先輩のアカウントに紐付いた二次元コードを読み取る。

そして表示された、『鏑木美春』という本名そのままのアカウントを、少し震えつつ友達に追加する。

そして向こうも僕のアカウントを確認できるよう、スタンプを送った。最初からアプリに入っている、フェネックをモチーフにしたコネックくんという看板キャラクターのスタンプだ。

なぜそんな面白みのないスタンプを選んだかと言えば……保険を掛けたという以外に言葉は無い。

「ふふっ、ありがとう」

先輩は嬉しそうに微笑むと、見たことのないキモカワ系のキャラスタンプを送り返してきた。

僕の浅はかな保身を一蹴する、ニッチな有料スタンプだ。

そんな先輩を見つつ、僕はつい疑問を口にする。

「先輩、コネックは使い慣れてるんですね」

「ん？　どういう意味だい？」

「いや、仮に先輩が本当にタイムリープしているなら、コネック……スマホよりも未来的なデバイスを使っていてもおかしくないと思って」

今では殆どの人が持っているけれど、スマホがちゃんと使われるようになってから、まだ10年ちょっとしか経っていないと聞く。

スマホの前はガラケー。その前は……ポケベル？

携帯の進化は凄まじい。僕はスマホしか知らないけれど、10年経てばそのスマホだって過去のものになっているかもしれない。

だから、先輩がその遙か未来まで生きたというのなら、スマホはもはや過去の産物で、逆に扱うのが難しいんじゃないかと思う……なんて。

(何聞いてるんだ、僕は)

先輩が人生二周目だって話を信じられていないからって、粗探しみたいに質問するなんて、自分でも性格が悪くて嫌になる。

少しでも何か爪痕を残したいという気持ちがあったのか……なんであれ、気持ちの良いものじゃない。

「すみません、先輩。つい——」

「ふむ、イイ着眼点だね!」

咄嗟に謝罪する僕の声に被せるように、先輩は笑った。

そこに不快感は一切無く、むしろめちゃくちゃ嬉しそうだ。

「もちろん、私はこのスマホの先、そのまた先、さらに先のデバイスまで触ったことがあるよ。けれど、それは私にとってずっと過去の話だ」

未来の話なのに、過去。

不思議な言い回しに、僕は一瞬頭が追いつかなくなってしまう。

「具体的な年齢の明言は避けるけれど……そうだね。仮に私が80歳まで生き、5歳の頃にタイムリープしたとする」

「は、はい」

なぜ本当の年数を隠すのかは分からないけれど、いったんは話の腰を折らず頷く。

「私は現在16歳だから、そうだな……60歳を迎えるのは今から44年後になるよね。けれど同時に、一回目の60歳は、今から31年前になる」

未来の話も、先輩の経験という軸の上に置けば過去になる……ってことだろうか？

なんか、頭のこんがらがる話だ。

「話を少し戻して、スマホのこと。確かにスマホは私にとって一度は過去になったものだよ。でも、今は現役だ。たまーに不便を感じることがあっても、毎日触れば人並み程度には扱えるさ」

「そういうものですか……」

「そういうものだよ。おっと、小難しい話はまた今度にしよう。楽しいけれど、このまま続けてたら、あっという間に昼休みが終わってしまうからね」

そうだった。昼休みはたったの45分。

その間に昼飯を食べて、午後の授業に備えないといけない（お腹が満たされて眠くなるけれど）。

「それじゃあ、また私の経験からビシッと当てよう」

そう言って、鏑木先輩はビシッと人差し指を僕に向ける。

「友樹くんのお昼ご飯は、キミ自身が手がけたお手製弁当だ！」

まるで探偵が犯人を名指しする時みたいに、自信満々な顔だ。

そして、もちろんと言っていいのか、あたっている。

「正解です。まぁ、そんな大したものじゃないですが」

もはや驚くことなく、僕は弁当を広げた。

というか今回は電話番号バレに比べれば遙かに簡単だった。

そもそも、昼食持参と先輩が言ってきたのだ。

そして、この部室に来た時点で僕が持ってきていたのは、弁当箱の入った袋と水筒だけ。

その時点で手作り弁当だというのは一目瞭然だろう。

まぁ、それだけじゃ誰の手作りかまでは分からないだろうけど……僕が弁当を自作しているというのは、晃やコバヤシとも度々話題になるし、電話番号よりは知れるチャンスも多い……かもしれない。

「高校生で、自分の分のお弁当を用意するのは大したものだよ。それに、自分だけじゃなく、ご家族の分までキミが作っているんだろう？」

……そうやってまた話していない情報を足す。

「両親は共働きで僕らより忙しいのに、それでも家事の殆どをやってくれているわけですから。ほんのちょっと、その荷を分けてもらっているだけです」

「それが立派なんだよ。やっぱりキミは、私の大好きな友樹くんだ」

にっこりと、先輩が笑う。

僕はどう反応して良いのか分からず、逃げるように視線を逸らす。

大好き、なんてついてなければ、素直に喜べたかもしれないのに。

「それでだ、友樹くん！　私はその、キミのお弁当を食べてみたいんだ！」

「え」

「だって、話でしか聞いていなかったキミの手作り弁当だよ!?　ああいや、キミの手作り弁当自体は食べたことがあるんだ。今のは、高校生時代の、キミの手作り弁当という意味さ」

「は、はぁ……」

どうやら、先輩の中の僕は、未来でも弁当作りにいそしんでいるらしい。

「私はキミの全てが知りたいんだ！　当然、今のキミが作るお弁当、というか手料理の味だって、余すところなく、皿にこびりついたソースの一滴に至るまで、五感の全てを駆使して堪能し尽くしたいんだよ！」

「いや、怖いです」

「怖くない!!」

めちゃくちゃ力強く否定された。

「別にもったいぶるようなものでもないですけど……むしろその強い期待に応えられるほどの出来じゃないと思いますが」

この弁当を差し出せば、僕の昼食が無くなる。

昼食抜きは普通につらい。午後の授業の間、空腹のことしか考えられなくなってしまうだろうし。

「もちろん、一方的にもらおうなんて、そんな図々しいお願いはしないさ」

先輩は待っていましたと言わんばかりに、ドヤ顔をしつつ立ち上がる。

そして、部室に置かれていた冷蔵庫から少年漫画雑誌くらいの大きさの箱を取り出した。

僕みたいな庶民でも名前くらいは聞いたことがある、テレビ局とかで出されているという、有名な仕出し弁当だ。

「代わりになるかは分からないけれど、これを献上するよ」

「えっ！」

「物足りないかい？　確かに、キミの手作りであるこの世にたった一つしか無いお弁当と市販品では釣り合わないかもしれないけれど……」

「いやいや、逆ですよ！　僕の弁当にこれほどの価値は無いっていうか……殆ど冷凍食品ですし！」

「中身が冷凍食品だろうが昨晩の残り物だろうが、キミの真心が籠もっていることには変わりは無いし、その価値を貶めるものでもないよ」

先輩は一切気遣った感じもなく、当然のように言ってのける。

「もしも明日世界が滅ぶってなったら、最後にキミのお弁当を食べたいなぁとさえ思うよ」

「……もしも明日世界が滅ぶなら、わざわざ弁当なんて作りたくないですけどね」

「あははっ！　確かにキミならそう言うと思った！」

僕のぶっきらぼうな返し……いや、まぁ、ただの照れ隠しだけれど、それを受けてもなお、先輩は不快感を出すことなく、無邪気に笑っていた。

正直なところ、僕は料理が好きなわけじゃない。

僕以外の家族はみんな忙しそうにしていることが多くて、そんな家族の役に立てる数少ないことに、たまの料理や毎日の弁当作りがあったというだけ。

たまに動画とかを漁って、それなりに凝った料理に挑戦してみることもあるけれど、だからといって自分の料理の腕が上がっているとか、将来は調理師になりたいとか、そういうことはまったく思っていない。

先輩の言う、未来の僕がどうか知らないけれど、彼女の口ぶりからして、料理の腕がすこぶる向上しているという感じでもなさそうだ。

「とにかく、私にとってこのお弁当はそれだけ価値があるんだ。だから、釣り合わないなんて思わないで欲しい」

「先輩がそれでいいなら、僕も文句はないですけど……」

「本当かい!? それじゃあ、気が変わらない内に交換をお願いするよ！　あ、冷蔵庫で冷えちゃったと思うから、そこの電子レンジで良い感じにあっためて！」

先輩は早口に言葉を跳ねさせながら、自身のと僕の弁当を入れ替える。

こうして、わらしべ長者の如く、いつもの弁当を芸能人レベルに昇格させた僕だけれど……。

（ふぁっ！　2000円!?）

さっきまで気が付かなかったけれど、蓋に値段付きのラベルが貼られていた！

2000円の弁当……？　コンビニで500円の弁当を見ても手に取るか悩むのに、これたった一個でその四倍もの値段がするのか!?

「ん、どうしたんだい？」

「い、いえ……！」

値段に怯みましたと正直に言うのは情けない気がして、僕は誤魔化しつつ、とりあえず電子レンジで二分ほど温めてみる。

先輩はそんな僕の姿をニコニコ眺めてきていた。何がそんなに面白いのか……妙な居心地の悪さを感じてしまう。

「あの、先に食べ始めていただいても大丈夫ですよ？」

「いいや、待つよ。大した時間じゃないしね」

待たれるのが逆にプレッシャーなんだけれど……。

たった二分の温め時間を妙に長く感じながらもタイマーが進むのを睨み……チン、と音が鳴った瞬間に急いで弁当を取り出した。

「す、すみません！　お待たせしました！」

「ううん、全然待ってないよ」

「先輩は温めなくていいんですか？」

「うん。常温でも十分美味しいし、むしろこの方が好みでね」

「そう、ですか」

冷めている方が好きというのはおかしな気もするけれど、元々弁当は常温でも食べられるようにできている。

個人的には温められるなら温めた方がいいと思うけれど、それはあくまで好みの話。

僕は先輩の言葉を深く気にすることなく、彼女の向かいに座った。

「それじゃあお互い準備もできたことだし、いただこうか」

「はい」

「いただきます」

「い、いただきます」

食事前の当たり前の挨拶。一言だけ言って手を合わせる。

ただそれだけなのに、先輩の所作はとても洗練されていて、僕はつい気圧されてしまう。

昨日、今日のやりとりで、鏑木先輩も僕と同じ人間だって思えるようになった。

むしろ先輩なのに、僕より子どもなんじゃないかって思えるくらい、無邪気に笑ってい
る姿ももう珍しくは感じない。

たまに『人生二周目』みたいな、意味の分からないことも言うけれど……少なくとも、
入学した時に一方的に感じていた、女神とか天使とか、そういう生物として別次元の存在
って印象は大分薄れたと思う。

けれど、それでいても度々、別世界の住人なんだなと再認識させられる。

姿勢の正しさ、美しさ。

つむじから、足の爪まで、神経が通っているのが分かる。

僕の乏しい語彙で表現するのならば……そうだな、『育ちが良い』と言うべきだろうか。

同じ人間でも、いや、同じ人間だからこそ、差を感じてしまう。

……なんて思っていると、先輩はおもむろにスマホを取り出し――。

「……よし」

弁当の蓋を開けると、すぐさまスマホのカメラを向けた……？

――パシャッ！

「ふふふっ、ちゃんと収めたぞ。……いや、少し光量が足りないか。もっと角度を調整して……！」

そんな独り言を言いつつ、様々な角度から僕の作った弁当を何枚も……

――パシャッ！　パシャッ！　パシャシャシャシャシャシャシャシャッ!!

何十枚も連写している!?

「あ、あの、先輩？　さすがに撮りすぎでは？」

「いいや、私の腕ではどうにもキミの作ったお弁当の魅力を中々写真の中に収めきれなくてね。こんなことなら普段から映《ば》えテクを鍛え上げておくべきだった……！」

「いや、そんな映えとか無縁の普通の弁当ですから」

当然僕の作った弁当に映えなんて要素は一切意識されていない。

ＳＮＳで注目を集めるような、彩り豊かとか、オシャレとか、キャラ弁とか、そんな凝ったものとは正反対な、茶色中心の地味な内容となってしまっている。

ただ、これに関しては、僕よりも茶色のおかずの方が悪いと思う。

なぜなら、唐揚げとかコロッケとか、ミニハンバーグとかきんぴらゴボウとか……茶色族があまりに便利で無難に美味しいからだ！

「十分映え要素に満ちているじゃないか。このミニトマトの赤とか、インゲンの緑とか」

「それは申し訳程度の差し色ですよ」

上手く例えたとしても、ミニトマトは荒野を照らす太陽。インゲンのごま和えは荒野に生えたサボテン。

そのどちらも、茶色の荒野を打ち消すどころか引き立たせている。

「むぅ……なら、これはどうだ！」

先輩はそう言って、弁当の中の黄一点《こういってん》、卵焼きをつまみ上げた。

「ふっふっふっ。知っているよ。この卵焼きこそ、このお弁当の主役であると！」

そう勝ち誇るように口角を上げる先輩。

写真に収めたくなるほどに見事なドヤ顔だけれど、よくよく考えるまでもなく、弁当の主役と映えはまったく関係が無い。黄色も荒野寄りの色だし。

「この卵焼きは他のおかずと違う。紛うことなくキミの手作りだ！」

「う……!?」

思わずうろたえてしまう。

なぜなら先輩の目がこれまでにも増して期待に輝いていたからだ。

「いや、まぁ、確かに手作りと言えば手作りですが」

「だろう!?　あぁ、私がどれほどこれを食べたいと憧れていたことか……」

先輩はそうしみじみと呟く。

そしてそんな反応を見て、逆に僕の胃がきりきりと痛み出してきた。

「い、一応もう一回言っておきますけど、そんな大したものじゃないですからね？」

確かに先輩の言うとおり、市販の冷凍食品が大半を占める僕の弁当の中で、卵焼きは唯一手作りのおかずだ。

ただ、手作りとはいえ作っているのは僕みたいな素人だ。

僕に差し出された高級仕出し弁当のように、グレードの高いものをよく食べているであろう先輩を喜ばせられる出来じゃない。

ただ卵と白だしと塩を適当に混ぜて、焼きながら巻いただけ。

どうしようもなく普通な、家庭用だし巻き卵。

「いいや、そんなことないよ」

けれど、そんな僕の不安をまるですべて理解しているかのように、先輩は首を横に振る。

「確かに形はちょっとしょぼしょぼしているけれど、そこがキミらしくて愛おしささえ感じるくらいさ」

「いや、先輩にとって僕ってどんなイメージなんですか」

「とても一言では言い表せないよ。ただ、いつも傍にいて欲しいと思える人はいつだってキミだけだ」

「う……」

からかうような、大げさな台詞。

似たようなことはもう何度も言われているのに、一向に慣れられる気配が無い。

「とはいえ、私の知るキミと、今のキミの間に違いがあろうことは理解しているつもりだ。年を重ねれば卵焼きの味も変わるはず」

「……じゃあ、そんな期待しないでください。胃がキリキリするので」

「いやぁ、期待はしてしまうよ。知らなかったキミに触れられるのは、より深くキミを知れるチャンスだからね。というわけで、改めて……いただきます」

先輩はそう言って、口に卵焼きを放り込む。まだこちらの心の準備も整っていないのに！

「んっ!?」

ひと噛みした瞬間、先輩がカッと目を見開き……固まった。

まるで毒でも入っていたかのようなリアクションだけれど、そんなはずは無い。

僕は何が何だか分からず、ただ息を呑んで見守っているしかなかった。

そして数秒が経ち……ぴくり、と先輩の肩が震える。

「……だ」

「え？」

「同じだ」

先輩が呆然と呟く。

そして……右目から、一筋の涙を流した。

(ええっ!?)

急な涙に、僕は内心パニックになってしまった。

だって女子の、さらには完全無欠と思われていた鏑木先輩の涙だぞ!?

正直、今この瞬間まで、鏑木先輩に『涙を流す』という機能は備わっていないとさえ思っていた。

「あ、あはは。その、いや……ごめんね、急に」

先輩は慌てて取り繕いつつ、涙を拭う。

そんな行動が余計に、その涙が冗談では無く本物なのだと確信させた。

「……先輩が急なのは、ずっとじゃないですか」

先輩を気遣おうと思いつつ、口から出たのはそんな憎まれ口だった。

自分の駄目さ加減にこっちも泣きたくなるけれど、先輩はそんな僕に対しても失望を見せることなく、「ふふっ、確かに」と優しく笑ってくれた。

器の違いを見せつけられている感じもするけれど。

「塩、濃すぎましたかね……」

「ううん、むしろ絶妙！　正直びっくりするくらい！」

びっくりするくらい絶妙、か。

そういえば、以前、友人達に（勝手に）卵焼きを食べられたことがある。

その時、晃からは「俺は砂糖派だから塩味は合わないな」とか、コバヤシからは「微妙に味が濃い！」とか、好き勝手言われたものだ。

まぁ、あいつらにデリカシーを求めても仕方がないのは分かっているけれど、同時に、卵焼きの好みは人それぞれなんだとも分からされた。

砂糖か、塩か。その濃い薄いとか。

僕が作る卵焼きは、ありがたいことに家族の舌とマッチしているようで、弁当には必ず入れるよう強い要望を受けている。

（でも、家族以外じゃ初めてだな。味付けがぴったりハマる人なんて）

それこそ涙を流すほど……いや、まぁ、大げさではあるけれど、おかげでお世辞を疑わずに済んだ。

そして同時に、もしも鏑木先輩が本当に、僕の卵焼きが自分の好みにハマっていると知っていたとすれば、ああも目を輝かせていた理由も――

（いやいや、それはない。人生二周目とか……ありえない）

信じるにはあまりに大きすぎる釣り針だ。

そんな人がいるなんて聞いたこともないのに、よりにもよってそれが未来のお嫁さんだなんて……先輩がよほどの物好きで、僕に一目惚れしたというほうが現実味があるというものだ。

もちろん、それすらも到底信じられる話じゃないけれど。

「あっ!!」

突然、僕の思考を遮るように、先輩が大きな声を上げた。

そして、あまりに分かりやすく、がっくりと肩を落とした。

「しまった……まだ写真撮影の最中だったのに、肝心の卵焼きを食べてしまった!」

「まだ撮ろうと思ってたんですか!?」

「当然さ! 私にとっては今生で初めて食べるキミの手作り弁当なんだ。思い出の一ページとして、私の胸中を満たす喜びを少しでも表現したいと思っていたのにぃ……!」

ぐっと拳を握り、熱弁する先輩。

あまりの熱の籠もりように、僕は思わず苦笑してしまう。

どんな理由、どんな経緯であれ、自分の作ったものをここまで熱望してもらえるのは、嬉しく感じてしまう。

「それなら、また作ってきますよ」

「……え?」

「あ、でも駄目か。初めて食べる弁当が重要なんですもんね。また作ってきても、それは初めてにはならないし……」

「い、いやいや！　駄目なんかじゃないよ！　初めてなんて気にするのは最初だけ！　記録は常に更新されていくものだから!!」

先輩は焦りつつ、先ほどまでのこだわりをあっさり捨て去った。

「そう！　初めてが一度きりのように、二回目だって一度きり！　三回目だって一度きりなんだよ!!」

まるで天啓を得たかのように、先輩は晴れ晴れとした表情で天井を仰ぐ。

けれど偶然、同時に僕もあることに気が付いた。

「……あの、すみません。自分から言っておいてなんなんですが」

「ん？」

「よくよく考えたら、うちの弁当、食費出しているのは親なので、僕の一存で先輩に作ってくるっていうのは難しいかもしれません」

「あぅふ……」

「あうふ？」

「……いや、なんでもない」

今、鏑木先輩の口から、絶対に出なそうな奇妙な鳴き声が漏れた気がするけれど……いや、気のせいか。

「そうだ、キミは今高校生なんだ。そんなキミにお昼ご飯をおねだりするなんて、あまりに愚かだった……」

ぐったり項垂れる先輩。

よほどショックだったのか、どんよりとした雰囲気がこちらにも伝わってくる。

年上で、しかも女子。さらには彼女が落ち込む原因を作ったのは僕自身とあって、はちゃめちゃに気まずい。

「……一応提案だけれど、お弁当を作ってきてもらう代わりに私がお金を支払うというのはどうかな？」

「いや、それはさすがに。お金を払ってもらえるほどのクオリティじゃないですし」

「だよねぇ……キミはそう言うよね……」

「あ」

せっかくの助け船だったのに、つい正直に返してしまった。

いや、でも、先輩の機嫌を直すためだとしても、僕の弁当にお金を払ってもらうのはやっぱり違う気がする。

もっと良い解決法があるはず……あっ。

「あの、先輩。随分遠回りした気がするんですが……今日みたいに、お互いの弁当を交換するっていうのはどうですか？」

「え？」

「あ、いや、今日みたいな豪華な弁当と釣り合うとは思っていませんが、もっと些細な、コンビニのおにぎりとか、惣菜パンとか、そういうので十分なので」

こんな仕出し弁当は明らかにもらいすぎだけれど、僕個人が弁当を何かと交換する分には親の許可を取る必要もないだろう。

先輩にとっては物珍しい弁当でも、僕にとってはいつもの弁当だし、僕にとっても悪い取引じゃない。

「……でも」

しかし、すぐに乗ってくれると思っていた先輩は、渋るように顔を顰めた。

そして視線を向けたのは……僕に渡してきた仕出し弁当だ。

「友樹くん、そのお弁当、全然食べないじゃないか」

「へ？」

「キミの好物だから、あげたら喜んでくれるかなと思って持ってきたのに、温めたきりだし」

つーん、と唇を尖らし拗ねる先輩。

こ、これは……完全にいじけている!!

「……いや、そもそももらい物でキミの気を引こうとしたのが悪かったんだ。私はなんて意地汚い人間なんだ。今日ほど自分がいかに矮小で、情けないやつだと自覚させられたことはないよ……」

いじけ方まで大げさ!!

沈むように机に突っ伏した先輩は、ぼそぼそじめじめとネガティブなワードを吐き続けている。

(これは……上手く慰めろってことだよなぁ……)

女心なんて僕には分からない。女性の扱いもろくに知らない。

けれど、今の先輩みたいに、言葉は悪いかもしれないけれど、ちょっと面倒くさい感じに拗ねた相手に対処した経験はある……まぁ家族相手の話だけれど。

その時と今が全く同じとは思わないけれど……ボーッと見守っているわけにもいかない。

「誤解させてしまったならすみません。でも、僕が弁当に手をつけなかったのは、不満だったからじゃなくて、むしろせっかく先輩からいただいたのにすぐに食べちゃったらもったいないって思っただけで……」

僕は頭に浮かぶがままに、今まで弁当に手をつけなかった言い訳をした。

経験からの学びだけれど、こういう時に考える間を作ってしまうと、「あたしの機嫌取ろうって調子の良いこと考えてるんでしょ！」と怒られてしまうのだ。

言い訳や謝罪はスピード勝負。人間考えれば、それこそ調子の良い言葉なんていくらでも考えついてしまうのだから。

「別に気を遣わなくたっていいよ……」

「そんなんじゃないですって！　それに、先輩に僕の作った弁当を食べていただくなんて、それだけで緊張して……そもそも、おかずの一部ならともかく、弁当丸ごとなんて、家族以外じゃ初めてですし、お口に合うか不安で」

頭に浮かぶがまま口にするということは、即ち、本音を言うってことだ。

結局のところ、僕は鏑木先輩を失望させるのが怖くて、とてもじゃないけど弁当を食べる余裕なんか無かったんだ。

「そっか……私はキミを不安にさせてしまっていたんだね」

「いや、ええと……」

実際は、彼女が僕の弁当を喜んでくれていたのは嫌ってくらい伝わっていたんだ。

弁当を写真に撮って、卵焼きに目を輝かせて、涙を流すほど美味しいと思ってくれて
……だから途中からは、不安だったからじゃない。

(鏑木先輩が僕の弁当で喜んでくれる……ただ、それが嬉しくて、ずっとこのまま眺めていたいって……そんな風に思っていたなんて)

先輩を誤解させてしまっている。でも、素直に口に出すのはあまりに恥ずかしくて……。

「そ、それじゃあ、僕もいただきますね！」

ぎこちないと自覚しつつも、そう無理やり流れを変えるしかなかった。

そうして、一方的に断りながらもようやく仕出し弁当の蓋を開け――

「う、うわあ……!!」

その瞬間視界に飛び込んできたのは、圧倒的存在を放つ茶色の塊。

茶色は無難。便利で無難に美味い。

けれど、この茶色はそんな言葉に甘えていない。

煮込みハンバーグ。弁当箱の半分弱を占める白米と同じ大きさのスペースを埋めるそれは、紛れもなく主役であり、この弁当のコンセプトを一発で伝えきっている。

（これがプロの弁当……）

残り少ないスペースも、人参の煮物、インゲンのごま和えなどを入れることで華やかな彩りを演出している。

２０００円という、弁当一つに使うには目が飛び出るような価格設定だけれど、その価格設定が逆に期待感を高めてくれる。……まぁ、僕がお金を払ったわけじゃないのだけれど。

「ごくり……」

思わず生唾を飲み込みつつ、箸でハンバーグを一口サイズに切る。

作られてから時間が経っているとは思えないほどに柔らかく、すんなり箸の先を飲み込んでいく。

そして、切った先からじんわりと肉汁が滲み出し……うう、堪らない！

僕は我慢できずに早速ハンバーグを口に運んだ。

「んんっ!?」

ハンバーグらしい、柔らかくもしっかりした歯ごたえ。

噛むと同時に溢れ出す肉汁と、デミグラスソースが絡み合い、濃厚な旨味が口の中で爆発する。

これは、控えめに言っても――

「めちゃくちゃ美味いっ!!」

思わずそう叫んでしまう。

けれど今の僕に恥じらいなんてなく、ただただ美味しさへの感動が全身を満たしていた。

「……ふふっ」

そんな僕を見て、先輩がおかしそうに笑う。

「キミは本当に美味しそうにご飯を食べるね」

「いや、これは大げさでもなんでもなく、その……とにかく、とんでもないですっ！」

「ははっ、語彙が消失してる」

「う……ていうか、先輩も見てないで自分の弁当食べてくださいよっ!?」

「うん、そうしようかな」

さっきまでベソをかいていたのが嘘みたいに、すっかり何事も無かったかのように無邪気な笑みを浮かべる鏑木先輩。

僕の要求通り、弁当をまた食べ始めたものの、さっきまでのように感動する素振りはあまり無い。

完全に興味が、僕の手作り弁当から僕に移った感じ。もしも弁当に自我があれば、さぞ嫉妬されていることだろう。

（先輩の機嫌が直ってホッとしたとはいえ……なんか観察されてる感じがするな）

先輩は笑いながらも、その目は僕の一挙手一投足を注視している。視線を向けられている僕にはそれが分かってしまう。

そのむずがゆさで味を感じなくなる……というには、この仕出し弁当の存在感は凄まじいけれど、それでも先輩が気にならないわけでもなくて。

（なんか、落ち着かない……）

学校で食べる料亭レベルの味。

そして、そんな僕を観察してくる天上人。

ハンバーグを入れる側から胃がキリキリ痛む錯覚を覚えながら、僕はほぼ無言でランチを終えるのだった。

◇◇◇

「はい、どうぞ」

弁当箱を空にし、満足感に浸っていると、目の前にティーカップが置かれた。

「これって」

「食後のハーブティーだよ」

「あ、ありがとうございます。なんか、なんでもありますね、ここ」

「なんでもは、ないけどね」

先輩はパチッと綺麗なウインクをする。

改めて部室内を見回してみると、本当に学校の部室か疑いたくなる程度に色々なものが揃っている。もちろん、このハーブティーを淹れるために使ったであろうティーポットと電気ポットもあった。

他にも、丸められた寝袋らしきものもあるし……。

「なんだか、住めそうな感じですね？」

「まぁ、それがコンセプトだからね」

「えっ!?　それじゃあ……」

「あはは。さすがに本当に寝泊まりしたことはないよ。夜の学校に泊まるなんて、お化けに襲われそうだし」

「お、お化け？」

「ほら、学校なんて病院と同じくらい怪談で扱われる心霊スポットでしょ？」

「言われてみると、確かに」

体育館や理科室、あとは視聴覚室とか、なぜか心霊現象と相性良く扱われるスポットは存在する。

「先輩は幽霊が苦手なんですか」

「……………どうかな」

少しの間を空けて、先輩は意味深な雰囲気を醸し出しつつ話を濁した。

何か簡単に言えない事情でも……と一瞬思ったけれど、先輩のことだから、逆にただ意味も無くからかっているだけなんじゃないかという気もする。

「ほら、話してないでハーブティーをどうぞ。冷めちゃうよ？」

「あ、はい……」

改めてハーブティーの注がれたティーカップに目を落とす。

オレンジ色に透き通る水面。僕の、なんとも微妙な顔が反射して見える。

「あれ？　どうしたの？」

「えーと……」

先輩からの問いかけに、僕は視線を逸らす。

はっきり言えば、苦手だ。

ハーブティー、紅茶、なんかオシャレな響きのお茶系。

そういったものを飲んで、美味しいと思えたためしがない。

このハーブティーがどうかは実際に飲んでみないと分からないけれど……大げさに言えば、トラウマがあるとでも言うべきか。食わず嫌いが発動して、中々手を伸ばせない。

特にこの、漂ってくる世間的に「良い香り」と呼ばれるそれが、僕の意欲を遠ざけるのだ。

「その顔、もしかして……ご、ごめん！　まさか苦手なんて思わなくて……!!」

そんな僕を見て、先輩が勢いよく頭を下げた。

今日、こうして会ってから何回目かの謝罪だけれど、これまでのとはどこか違う感じがした。

「『未来の僕』は、ハーブティーが好きだったんですか？」

つい、そう口にする。

スマホに関する質問と同じ、未来に関する話だけれど、さっきのような「やってしまった感」は、あまりない。

さっきまで散々言い当てられてきた。電話番号、弁当のこと、ハンバーグが好きってことも。

言い当てられすぎて、「先輩は全部知っている」と納得していたくらいだ。

だから、もちろん二周目云々は信じていないとはいえ、先輩が本気で勘違いしていたことに、つい驚いてしまった。

そんな僕の質問に、先輩は大きく目を見開き、視線を逸らす。

けれど、そんな逃げるような仕草は僅か一瞬。

「そうだね」

先輩はにっこりと微笑み、頷いた。

「味の好みは年を経るにつれて変化する……そんな当たり前がすっかり頭から抜け落ちていたみたいだ」

どことなく空気が軽くなった感じがする。

先輩にはもう気にした様子は見られなかった。

「子どもの頃駄目だったものが、ひょんなきっかけで食べられるようになるとか、あるあるですもんね」

「友樹くんもそういう経験があるのかい？」

「実は小学生の時はニンジンが大嫌いでした。あの妙な甘さが鼻について」

「へぇ！」

興味深げに目を丸くする先輩。

どうやらこれも初耳らしい。

「さっきのお弁当にも入ってたよね？」

「すっかり克服しましたから」

「妙に誇らしげだね」

胸を張る僕を見て、先輩はくすくすと笑う。

「まぁ、あれです。自分で多少なりとも料理とかやるようになって、この程度の好き嫌いは大したことないなって思ったというか」

なんて、今まさに食わず嫌いをしている自分が言うのはあまりに説得力が無い。

ハーブティー……ハーブティー、かぁ……。

「……そうだよな。うちの県、この間フードロスが多いってニュースになってたし……」

「いや、変に理屈っぽく自分を納得させようとするのは、逆に痛々しくないかい？」

「しかも、食後のハーブティーは…………たぶん、なんか体に良いっ！」

「雑っ!?」

「な、なので、感謝を込めて……い、いただきますっ!!」

先輩からのツッコミを浴びつつ、精一杯の助走をつけて、勢いのままハーブティーを呷《あお》った！

「〜〜〜〜ッ!?」

「と、友樹くんっ!?」

ハーブティーを一気飲みし悶絶する僕に、先輩が駆け寄ってくる。

「嫌なら無理して飲まなくていいのに！」

「い、嫌じゃなくて……乗り越えるには、良い機会だと……」

「いや、でも、苦しそうだし！」

「これは……あ、熱くて……ごほっ！」

「え？」

勢いよく飲み込んだはいいものの、一気飲みするにはちょっと熱すぎた。

ハーブティーの味を確かめるゆとりもなく、幸か不幸か、残ったのは熱による喉の痛みだけだった。

「お、美味しかったです。ごちそうさま……」

「いや、明らかに無理してるよね」

半目で睨まれ、肩を落とす。

勢いで乗り切る作戦——失敗。

「……ぷっ！」

「え？」

「く、ふふ、ははは っ!!　なんかもう、なんて不器用なんだ、キミは！」

腹を抱え、先輩が崩れ落ちる。

「もっとやり方があっただろうに！」

「せっかく先輩が淹れてくれたのに、そのご好意を無下にするのは良くないと思って」

「じゃあ一気飲みすれば無下にしなかったことになるのかい？」

「あー……でも、飲んでからマズそうな顔をするよりはいいかなぁって」

「くふふっ、そういうところだよ。キミは本当に面白くて、可愛いなぁ」

「か、可愛い……」

何のツボにハマったのか……間違いなく、褒めてはないだろうな。

「いやぁ、ごめんごめんっ！　そもそも私がハーブティーを出してしまったのが悪いんだし。麦茶なら飲めるよね？」

「……はい」

先輩は謝りつつも、さっきのような神妙さは一切無く、とても爽やかに笑っていた。

◇◇◇

鏑木先輩からいただいた麦茶（５００mlペットボトル）で喉のやけどを冷やしつつ、部室内の掛け時計に目を向ける。

とても賑々しい時間を過ごした気がするけれど、昼休みはまだ20分も残っていた。

ただ、冷静になって客観視するたびに襲ってくる、美女と二人きりというシチュエーションへの緊張感に保たなくなってきている。

正直なところ、今すぐ「お食事は済んだので、それではサヨウナラ」とここを発つのが精神衛生上良いと思われるが、そうはいかない。

「〜〜♪」

ご機嫌そうに鼻歌を歌いつつ、ハーブティーを啜る鏑木先輩。

そんな彼女の手元に、まだ僕の弁当箱が取り残されているのだ。

ここを出るより先に、それを取り返さなくちゃならない。

「先輩、その弁当箱」

「ふふふんふ〜ん♪」

「………………」

さっそく返してもらおうと声を掛けてみたけれど、一層大きくなった鼻歌にシャットアウトされてしまった。うーん、これは意図的ですね。

これだけで先輩が、まだ僕が帰るのを望んでいないのは伝わってくる。

当然、弁当箱は使い捨てじゃないし、どこにでも売っている安物とはいえ、ここに置いていくわけにはいかない。

じゃあ、どうしたものか。無言も無言で気まずレベル高めだし。

「先輩」

「んん～？」

「………………しりとりでもしません？」

「いいよっ！」

二つ返事で乗ってきた！

会話が無い時の定番ネタとして、雑に放り込んだだけなのに。

「じゃあ、しりとりの『り』から。先攻は――」

「先攻は私がもらったっ！」

しかもこの先輩、ノリノリである。

カードアニメに出てくるキャラクターみたいに、勝手に先攻を攫っていった。

「コホン。それでは早速……『リヴァプール』！」

「る、『ルビー』」

「『イスタンブール』！」

「る……『ルーレット』」

「『トライアングル』！」

「る……る、『ルイボスティー』」

「『インターナショナル』！」

「……『ルール』」

「『ルーブル』！」

（この人、初手から『る』攻めかよ！）

こちらから振った話だというのに、ノータイムで末尾『る』をぶん投げてくる感じ、かなり容赦が無い！

一個上の先輩……いや、自称『人生二周目』のくせになんて大人げないんだ!!

まるで水を得た魚のように、生き生きと目を輝かせ、百点満点のドヤ顔をし、大きな胸部を見せつけるように胸を張る鏑木先輩。

……なんだろう、ここまで優勢感を出されるとさすがにちょっとイラっとくる。

「る、るすば……『留守番電話』！」

「『ワンダーフォーゲル』♪」

駄目だ。どう考えても崩されるのはこっちだ。

先輩には一貫して、ちょっとオシャレな雰囲気の横文字で返す余裕があるし……こうなったら、僕にできるのはたった一つ！

「参りました」

「ほえっ」

潔く頭を下げた僕に、先輩は間抜けな声を返してきた。

そりゃあ、こちらから仕掛けた勝負で、突然投了したのだから、驚かれもするだろう。

客観的に見てもかなりダサい。

「正直、勝ち目は完全に無いと悟りました」

「そんなことないよ？」

「いえ、さすがは先輩です」

「まぁ、伊達に小説は書いてないからね！」

どやぁ、とさらに胸を張る先輩。

そういえば、彼女には現役小説家という、豊富な語彙力を裏付ける属性も備わっていた。

色々頭の追いつかないことばかりで、つい忘れそうになっていたけれど。

（小説家……小説家、かぁ……）

「……あの、この文芸部は先輩のために作られたって、噂で聞いたんですが」

今朝、晃から仕入れたばかりの話を振ってみる。

文芸部には現在先輩のみが所属している。けれどその割に、この部室は豪華だ。

まさに先ほど先輩が言っていたとおり、住めるのがコンセプトというのも納得がいく。

「そうだよ。なんでも、私にこの学校を卒業させて箔をつけたいみたいで。この部室は裏金みたいなものかな」

「う、裏金……」

「なんて、大げさだけどね。ちょっとくらいの我が儘は聞いてくれるってことさ」

その我が儘の一部が、この文芸部か。

確かに、既にプロとして活躍しているとはいえ、鏑木美春という小説家の出身校、さらに在学中にサポートしてヒット作を出したとなれば、学校側にとっても十分な功績となるのかもしれない。

「まぁ、ここの物は殆どが私の持ち込みだし、金銭的なサポートがあるわけじゃない。私的には、家以外に落ち着いて執筆できる、謂わばアトリエのようなものがあれば便利だと思ってね」

「な、なるほど」

僕のような一般学生にはとても縁遠い話だ。改めて鏑木先輩の大きさを実感させられる。

「……あれ？　でも、だったら僕を入部させるのはまずいのでは」

「まずくないさ。去年は殆ど活動しなかったけれど、部活動であるのは確かなんだから。今年からはじんわり活動し、青春らしいことをしてみたって、何も悪いことなんかない」

「はぁ……」

「学校側には……そうだね、文化祭の時に機関誌でも出して、そこで書き下ろし作品でも発表すれば筋は通るかな。それに、身を以て青春を謳歌することは、取材として十分価値がある」

「取材……」

創作をしたことの無い素人考えにはなるけれど、小説を書く時は実体験をベースにしている方が、内容にもリアリティが出る感じがする。

高校生活はなにかと物語の舞台になりがちだ。部活動だってそう。

ならば、先輩の言っていることは確かに正しいかもしれない。

でも……。

「ん？　どうしたんだい。なんだか浮かない顔をして」

「あ、いや……機関誌って、僕も何か書かなきゃいけないのかなって、ちょっと気になって」

「あー、うん。そうなるだろうね。でもそう気負うことないよ」

「先輩の作品と並ぶとなると……僕、何か書き物をした経験も無いですし」

「大丈夫さ。あくまで高校生の機関誌なのだから」

先輩はそう優しくフォローしてくれる。

まぁ、実際のところ、僕が何を書こうと誰も注目しないと思うけれど。

「ふふふっ、楽しみだなぁ。キミがどんな小説を書くのか。どれだけ頼んでも、それだけはやってくれなかったからなぁ」

……いや、目の前の彼女だけは、どうやら僕の作品が楽しみなようだ。

「どうしよっか。キミから出てくるありのままの感性を楽しみたいって気持ちもあるし、私が手取り足取り、ノウハウを教えてあげるっていうのも、それはそれで楽しいひとときって感じもするし！　ねっ、友樹くんはどう思う!?」

「…………分かりません」

ぐいぐいと話を先に進めていく鏑木先輩に気圧されつつ、僕は小説を書いて見せなかったという『一周目の僕』に共感を覚えた。

……もちろん、それが本当に存在したのであれば、だけれど。

第三話　幕間的な、家族の話

「あー、疲れたー！」

帰宅するなり、制服も脱がずソファにダイブする。

今日はなんだか無性に疲れた。

疲れの原因は考えるまでもなく、鏑木先輩とのランチタイムだ。

美味しい物を食べさせていただいたという感謝はあるものの、やっぱり二人きりで一緒に過ごすのは、凄く緊張する。

しかも、普段はスイッチを切ってる昼休みの出来事だ。

そもそも昼休みとは、一から四限で溜まった疲労を癒やし、午後の授業に立ち向かうための時間。なのに、その時間にその日一番の山場を迎えてしまったとなれば、その後は負け試合確定だ。

正直、五、六限は全然集中できなくて……晃からノートを借りられたのが唯一の救いか。

「ちゃんと明日までに写さないと……あー……」

頭では分かっていても、動く気が湧いてこない。

まるでソファに接着されたみたいに、僕はぐったりと体重を預けた。

「鏑木先輩、か……」

どうして彼女は僕を選んだんだろう。

子どもだましにもならない、人生二周目なんて理由じゃなくて、もっと現実的な——

——それに、身を以て青春を謳歌することは、取材として十分価値がある。

取材。

昼休みに先輩と話した中で少し引っかかった言葉。

あの時先輩は、部活動を行うことが取材になると言ったけれど、もう一つあるんじゃないだろうか。

例えば……『人生二周目、そして一周目は夫婦の仲だったという高嶺の花に迫られた男子高校生』とか。

先輩は作家だ。彼女の書いた本は未だ読んだことはないけれど、時にはそんな奇抜な設定で物語を書いたりもするだろう。

初めて文芸部を訪れた日、テーブルにはたくさんの紙屑が散らばっていて、先輩はそれを、「ネタ出しのため」と言っていた。

先輩はネタに困っていて、だから自ら取材に乗り出した。つまり、僕はより良い小説を書くための、謂わば実験台のようなものなんじゃないだろうか。

そうであれば、晃が言っていた、偶然僕が選ばれたことにも納得がいく。

少なくとも、タイムリープ云々の話よりは遥かに現実味も説得力もあるだろう。

若干、ほんの少し、残念な気持ちもあるけれど……。

「ただいま～……あれ、おにい？」

思考をぶった切るように、僕を呼ぶ声がした。

気が付けば、外の日はすっかり落ちたのか、リビングは真っ暗になっていた。

気が付かないほど考え事に夢中になるなんて……もしかしたら少し寝てしまっていたかもしれない。

「呼吸は聞こえるなぁ……おにぃー」

リビングの電気がつく。

急な眩しさに思わず顔を覆う僕だけれど……そんな僕に、呆れるような溜め息が向けられた。

「おにい、こんなところで寝てたら風邪引くよ？」

「……麻奈果《まなか》、おかえり」

「おはよ、おにい」

にやっと少し意地悪な笑みを浮かべつつ僕を見下ろしてくる彼女は、日宮《ひのみや》麻奈果。

現在元気盛りの中学二年生。万年帰宅部の冴えない兄貴とは違い、演劇部でばりばり活躍している、自慢の妹だ。

我が妹ながら手前味噌ではあるけれど、中々の名俳優の卵だと思っている。中学に入学してからほぼ初めて演劇に触れたにも拘《かか》わらず、舞台に立てば先輩相手でも遜色ない活躍をして見せた。僕は素人なので偉そうなことは言えないけれど、自分の見せ方を理解していると言うべきか。

事実、初舞台に立って以来、麻奈果は当時中学三年生だった僕のところまで噂が届く程度には人気者になっていた。部内じゃスーパールーキーなんてもてはやされ、固定ファンがつくほどだったとか……なんとも末恐ろしい妹である。

「珍しいね、おにいが昼寝なんて。しかも制服のままじゃん。普段あたしがやってたらめっちゃ小言言うのに！」

「そんな言ってないだろ」

「いっぱい言われてるんですけど。親より聞いた小言ってやつ？」

「それは二人がお前にべらぼうに甘いから、僕が言うしかないだけだよ」

「べらぼうに？」

「べらぼうに」

くすっと子どもっぽく笑う麻奈果。

学校では人気の役者かもしれないけれど、僕の前じゃいつも元気で生意気な年相応の妹だ。僕の前ならかっこつける必要がないと思っているのか、ファンサービスはもったいないと思っているのか……一応、麻奈果が立った全部の舞台、見に行ってるんだけどなぁ。

「なに、おにい？」

ぼーっと見返していると、麻奈果はこてっと首を傾げた。

床に膝をつき、ソファに肘を置き……完全に居座るスタイルになっている。

「……いや、悪いんだけど、もうちょっと寝かせてくれ。ちょっと疲れてて」

「えーっ、おにいが？　万年帰宅部の基本暇人なのにぃ？」

「うっさい」

兄に対する敬意など欠片も無く、ズバズバ容赦なく口撃してくる正直な妹である。

「おやすみ」

「あっ、カワイイ妹を前にして寝るなしっ！」

彼女とシーリングライトの灯りから目を背けるように寝返りを打つ。

しかしすぐさま麻奈果に体を揺さぶられ阻止されてしまった。

「ねーるーなーっ！」

「いいじゃんかよ昼寝くらい……ていうか、カワイイとか自分で言っちゃう？」

「当然っ。別にナルシストとかじゃないよ？　でも、おにいにとってあたしがカワイイ妹であることは、辞書にも載ってるくらいの真実だからね」

自信満々に言い切る麻奈果。別にそんな妹ラブな自覚無いんだけどなぁ。

「……って、おにい。もしかして具合悪い!? 風邪とか…………だったら、絶対移さないでよねっ。あたしはおにいと違って多忙な身なので」

一瞬「心配してくれるなんて、なんて優しい子に育ったんだ」とちょっと感動したけれど、麻奈果はやっぱり麻奈果だった。

「あー、ごめん。多分大丈夫だから、少し放っておいて……」

「えっ、本当に大丈夫？ お薬持ってくる？ 病院行く？ とりあえず体温測ろ!?」

「麻奈果？」

僕の反応に気になるものがあったのか、麻奈果は本気で心配し始め、慌てて体温計を取りに行った。

別に熱っぽくないし、ただしんどいだけなんだけど……。

「はいっ、おにい！ 測って！」

「お、おう」

すぐに戻ってきた麻奈果に体温計を押しつけられ、僕は仕方なく起き上がりつつ、体温計を脇に挟む。

そんな僕を麻奈果はそわそわと、真剣な表情で見てきていた。

「……36度2分。平熱だよ」

「平熱？　良かったぁ……」

「だから大丈夫だって。言ったろ、疲れただけだって」

「むぅ……でも、おにいがそんな風になってるの珍しいし……もう！　心配して損した！」

僕に熱がないと分かると、麻奈果は僕の隣にどかっと腰を下ろした。

ぴったりくっつくような距離で……移らないと分かった途端、現金なやつだなぁ。

「でも、やっぱりおにい変だよ」

「そうかなぁ……」

「おにい。ねぇ、おにいってば」

「いや、なに」

「むぅ……おにい、いつもの、定番のアレがあるじゃん。ほら、あたし、おにいのことおにいって呼んでるよ？」

「……おにいじゃなくて、お兄ちゃんな」

「そう、それ！　全然言わないいんだから、いよいよ末期かなって疑っちゃったじゃん！」

「そんなに大事なの、これ!?」

麻奈果は僕を「おにい」と呼ぶ。舌足らずな感じがして、中学生になった今となってはあまりよろしくないんじゃないかと思い、最近は都度訂正するよう心がけていた。

さっきは……うん、正直言われるまで全然気付かなかった。多分脳内の殆どが鏑木先輩に支配されていたからだと思う。

「おにいといったら、その変なこだわりだよねー」

「変って……何度も言ってるけど、おにいって呼び方の方が変だろ。子どもっぽすぎるというか」

「子どもだもーん」

「おい、押すなって！」

麻奈果が楽しげに、肩をがしがしぶつけてくる。

相変わらずテンションが高い。自分も演劇部の稽古で疲れているはずなのに、うちに帰ってくるとそういうのを一切見せなくなるんだ。

でも、中学二年生とはいえ、一年と少し前までランドセルを背負ってたんだもんなぁ。

今はまさに、子どもから大人になる過渡期。常に後ろにひっついて、一緒にいなくちゃ泣き出してた頃よりはマシになったけれど、まだまだ甘えたい盛りなのかもしれない。

ただ、最近はどんどん生意気になってきているし、そう遠くない内に反抗期を迎えて、今みたいに甘えてくれるのが嘘みたいになるんだろうけどさ。

「なあ、麻奈果」

「なに？」

「お前ってさ……彼氏とかいるの？」

「は？」

声がワントーン低くなる。あからさまに機嫌が悪くなった。

「なんでおにいにそんなこと聞かれないといけないわけ？」

「いや、深い理由はないけど、なんとなく気になって」

「気にすんなし。キモっ」

「うぐっ」

冷たい言葉と共に、思い切り睨まれた。お兄ちゃんに激しい精神的ダメージがっ！

そりゃあ自分でも過干渉な質問だと思ったよ。でも、全く気にしないっていうのもどうなのかなってさぁ……ごにょごにょ。

「ま、あたしは可愛いし目立つから？　それなりに？　モテるけどぉ？　でも残念ながら彼氏はいないんだよねー」

あ、答えてくれるんだ。

「そりゃまたどうして」

「んー、告白されても、なんかピンとこないっていうか。ほら、初めての彼氏って別れても初めての彼氏なままなわけでしょ？　だから中途半端に付き合うのも嫌じゃん」

「そういうもんなのか」

「だって、初恋とか、ファーストキスとか、そういうのって名前がつく程度には特別ってことでしょ。普通に意識してる子もいると思うけど」

「なんとなく贅沢な悩みだなって思っちゃうけどなぁ」

「くふふっ、おにいはモテないもんねぇ？」

「そ、そんなこと……」

実際に告白された経験は無いけれど……いや？

——先輩は、本当に僕なんかと結婚するつもりなんですか。

——ああ。するよ、結婚。

「あ……」

あれは告白にカウントしていいんだろうか。

……って、いやいや！　ついさっき、取材のために僕の反応を見てるだけって解決したばかりだろ！　あれは謂わば、罰ゲーム告白みたいなもので、カウントしたら後から情けなくなるやつだから！

「あ、って何？　おにい？　何か心当たりでもあるわけ？」

「い、いや、全然、全く、これっぽっちも無いです！」

「なんかムキになってない？」

「なってませんが？　いつも通りですが？」

「あやしー……あやしいあやしいあやしいっ！」

「ちょっ!?　だから押すなって!?」

なぜか暴れ出す妹を必死に制する。

既にソファの端に座っていたおかげで、その縁《へり》と麻奈果に挟まれ立ち上がれもしない。

いや、ここで変に逃げたら余計、火に油を注ぐことになりかねないけど。

「おにい、不潔！」

「さんざんくっついといて、いきなりそう言う!?」

「体のじゃなくて、心の清潔さを言ってんの！　具体的には、高校生になったからって大人ぶって、調子に乗って女の子のこと考えて鼻の下伸ばしてるところ」

「伸ばしてないから！」

伸びてない、と信じたい一心で否定する。

だって、もしも本当に、思い出しただけで鼻の下が伸びているなら、実際の鏑木先輩の前ではそれどころじゃ済まなかっただろうし……あの人なら、笑ってスルーするなんて十分ありえるけど。

「ていうか、僕がいつ女の子のこと考えたって……」

「分かるし。おにいが考えてることなんか丸分かり。何年あたしがおにいの妹やってると思ってんの?」

「……おにいじゃなくてお兄ちゃんな」

マジかよ、怖っ……と思いつつ、僕はこれ以上の言及は避けることにした。

二つ年下でありながら、僕よりも幾分対人経験が豊富で、色々やり手な妹相手に、これ以上のボロを出さない自信がなかったからだ。

「さあて、二度寝って感じでもなくなっちゃったし、弁当箱でも洗うかぁ！」

「ちょっとおにい、露骨に誤魔化して逃げないでよ」

「逃げてないですぅ。それにおにいじゃなくてお兄ちゃんですぅ」

「ウザっ」

絡んでくる麻奈果は放っておいて、今日使った弁当箱を洗うためにキッチンに向かう。

正確には、中身を食べたのは鏑木先輩だけれど。

普段は晩ご飯に使った食器や、父さんや母さんの分と一緒にやってしまうんだけど……とりあえず麻奈果から逃れる理由が必要だったからな。

(でも、よくよく考えたら……この箸、先輩が使ったんだよな)

鞄から弁当箱を出したところで、ふとそんなことに気付いてしまう。

そう考えると、この箸が、その先がやけに輝いて見えるような……い、いや、別に何か、例えば舐めるとか、そういうことをしようってんじゃないんだけど。

「なにお箸見つめてるの？」

「うわあっ!?　麻奈果!?」

「なんでそんな驚くのさ。ずっといたでしょ」

「あ、まあ、そっか……？」

どうやらこちらが逃げた側からしっかりついてきていたらしい。

とはいえ、僕は完全に逃げた気になっていたし、先輩の使った箸に気を取られて一瞬で存在が抜け落ちてしまっていたけれど。

「んで、おにい。明らか〜に不審な行動取ってたけど、どういうわけさ」

「不審って……ちょっと気になる汚れがあっただけだよ」

「ふーん？」

僕はそう誤魔化しつつ、弁当箱一式を洗い桶に沈める。

これに関しては先輩を責められるものではなく完全な自滅だけれど、家の中でもこうやって鏑木先輩の存在に囚われていたら、いよいよ心安まる場所がなくなってしまう。気を引き締めなければ。平常心、平常心。

「ていうか麻奈果、不審と言えばお前もだろ。いつもだったら好き勝手だらだらしてるのに」

「好き勝手している結果、おにいをストーキングしてるのですが……って、それならもっとストーキングしがいのある相手、ストーキングするだろうがいっ！」

「謎のノリツッコミ……」

「人生で一番ストーキングって言葉発した」

知らん。

「なんて冗談はさておき。おにい、コネック見た？」

「なんの話？」

「お父さんとお母さんからきてたでしょ。やっぱり見てないんだ。二人とも遅くなるから、ご飯適当に買って済まして、とのことですが」

「ああ、そうなんだ。じゃあ後で何か買いに行くか」

「そこで、なのですが！」

麻奈果がずいっと身を寄せてくる。一応洗い物中なんだけど……ちょっとうっとうしい。

「おにい、晩ご飯作って！」

「えー……」

「なんで嫌そうなのさ！　できるじゃん！　料理！」

「自信を持って振る舞うレベルじゃないし……それに、食材の買い出しからだし、しんどいし……」

「じじ臭いこと言うなっ！」

「痛っ⁉」

思い切り尻を蹴られた。

「たまにはいいじゃん！　あたし、おにいのお弁当食べられないんだし！」

「給食の方が絶対豪華だと思うけどな」

「あたし、おにいの料理好きだよ。なんか、味があって」

えっ、僕の料理が好きって……お兄ちゃん、ちょっと照れちゃうんですけど。

「味がある。料理だけに」

「………」

感動が急激に冷めていくのを感じる。寒いだけに。

「ねぇ、おにい～。あたし、麻婆ナスが食べたいな～」

「それ、ほぼ市販品の味だけどな」

最近は最低限の食材を用意するだけで面倒な味付けからなんやらを、全てやってくれる魔法のソースが売られているのだ。その名も『気軽にスペシャリテ』シリーズ！

軽い気持ちでシェフが得意とするレベルの料理が作れるよ、という中々の大風呂敷を広げている商品だが、言うだけあってかなり簡単に中々美味しい料理が作れるのだ。

僕の料理スキルのひとつは、このソースを買うことと言っても過言ではない。

「それにさぁ、どうせ晩ご飯買いに行かなきゃなら、スーパーに食材買いに行っても一緒じゃん？」

「ぐ……一理ある」

「でしょお？　ふっふっふっ、あたしのこと天才って褒めてもいいよん」

「あー、天才天才。……ったく、しょうがないな。まぁ、料理とかしてたほうが、色々気も紛れるかもしれないし」

「ん、気が紛れるって？」

「いいや、なんでも。じゃあ、スーパーにでも買い出しに繰り出すとするか」

ちょうど洗い終えた弁当箱や箸を水切りラックに収め、手を拭く。

今から買い出しに行って、帰ってきてすぐ調理を始めれば、晩飯時としてはちょうど良いかもしれない。

「いてらー。あたし、録画したドラマ見るから」

「そこはついてくる流れでは？」

どうやら我が妹様は、お兄様を買い出しから料理までしっかり働かせて、自分は何もしないつもりらしい。なんてしたたかなんだ。お兄ちゃん、将来が不安になっちゃうよ。

「……まあ、いいや。これからはこうやって甘やかせる機会も減るかもだしな」

「え？　なんか意味深」

「僕、部活に入ったんだ。だからもしかしたら、これからはたまに帰りが――」

「えええーっ!?　おにいが部活にっ!?」

帰りが遅くなるかも、と続けるはずだった言葉は、麻奈果の絶叫に掻き消されてしまう。

まぁ、散々帰宅部だの暇人だのとイジってきていたのだから驚くのも無理はないけど。

「じゃ、いってきまーす」

「待って待って！　ここでお預けとかあり得ないから！　あたしも行くっ！　着替えるからちょっと待って！」

慌てて制服を脱ぎつつ、叫んでくる麻奈果。

そんな麻奈果の言葉を右から左に流しつつ、僕は愛用のエコバッグを手に、そそくさと家を出るのだった。

◇◇◇

「へぇ、おにいが文芸部ねぇ」

……あっさり掴まった。

まぁ、普段から買い物に使うスーパーは決まっているので、早く出ようが遅く出ようが、追いつかれるのは必然だったわけだけど。

もちろん、置いていった罰と言わんばかりに、追いつかれると同時に麻奈果には脛《すね》を思い切り蹴られたし、部活動のことも根掘り葉掘り問い詰められた。

そもそも僕から言ってしまったというのもあるし、うちの高校に通っているわけじゃない妹相手にそんな神経質に隠し通そうとしなくても……という気の緩みもあった。

結局、麻奈果に追いつかれてから、一緒にスーパーを回って買い物を終えるまでに、入部した経緯から鏑木先輩のことまで、しっかり説明させられた。

もちろん、『人生二周目』については言わなかったけれど。これをごく自然に黙っていられるのは、やっぱり僕自身、信じられていないというのが大きいんだろう。

「ふぅむ」

僕からの説明を聞き終え、麻奈果は顎に手を当てると、まるでどこぞの探偵の如く、意味深な唸り声を上げた。

なんか変な芝居が入っているけれど、たぶん深い意味はない。

「つまりその、鏑木さんっていう人が、取材のためにおにいに目をつけて、文芸部に誘ったってこと？」

「取材っていうのは僕の勝手な想像だけどな。でも普通に考えたら、僕みたいな何も無いやつにいきなり名指しで声を掛けるなんて、おかしいだろ？」

「ふーん……？」

麻奈果は微妙に納得できない感じに首を傾げる。

「妹のあたしからしたら、おにいが何も無いとまでは思わないけどさぁ……でも、確かに外から見たら否定できないかも」

最低限のフォローを入れつつ、しっかり落としてくる妹だ。そこは優しく「お兄ちゃんには何も無くないよ！」だけで良かったのに……いや、あからさまに嘘くさいか。

「おにい、それなんか突然怪しいツボとか買わされるんじゃないの？」

「僕なんかから小銭稼ごうってほど、切羽詰まってないと思うけどね」

「かぶらぎ、みはる……あ、この人？　って、ウィキあんじゃん！」

ウィキ、詳しい仕組みは知らないけれど、不特定多数の編纂者によって様々な情報が纏められたネット版辞書と呼べるようなそれに個人名での個別ページが作られる程度には、鏑木先輩は世間的にも有名人である。

「へぇ〜！」

麻奈果がウィキを読み進めながら、次第に目を輝かせていく。

最初名前で検索したのは、もしかしたら個人名でやっているＳＮＳアカウントが出てくるかも程度の淡い期待によるものだっただろう。

しかし予想外にもその相手は、大きく年も離れていない高校二年生でありながら、プロの作家として何冊も本を出しているような人物で――

「なんか漫画みたい！」

麻奈果は、こういう有名人に非常に弱い。

「小説じゃなくて？」

「うん。小説っていうよりは、もっと大衆的な感じ？　なんか色々盛りすぎっていうか……ま、実在してるって言うんだから、どっちでもないんだろうけどさ」

　麻奈果はそう言いつつ、さらにスマホを操作する。

「あ、写真出てきた！　えっ、おにい、マジでこの人？　めっちゃ美人じゃん！」

　麻奈果がそう言ってスマホに表示された写真を見せてくる。

　何かのインタビュー記事みたいだ。うちの高校の制服を着つつ、けれど今より若干幼く見えることから、たぶん先輩が高校一年生だった頃の写真なんだろう。

　つまり僕と同い年の頃のってなるんだけど……正直、それでも比較するのがバカバカしく感じる程度には、先輩は堂々としていて、大人の貫禄を漂わせていた。

「でもさ、どうせ漫画っぽいなら、もう一捻りくらいあってもいいんじゃない？」

「もう一捻り？」

「例えば……こほん」

　わざとらしい咳払いを挟み、女優スイッチを入れる麻奈果。

「誰もが憧れる高嶺の花！　そんなやんごとなき人が突然、一つ年下の冴えない高校生、O《オー》くんを二人きりの部活に誘う！　果たしてOくんの未来やいかにっ!!」

「Oくん？」

「おにいのO」

「そこは友樹のTでいいだろ」

「まぁ、それだけでも十分面白展開なんだけどさー」

はい、無視。

「おにいの推理通り、現役高校生の生態を知るための実地調査っていうのも、それっぽいよ？　でも、ここまできたらもっと、現実じゃありえないようなトンデモ設定があったほうがあたし好みかなって！　例えば……そうだなぁ。この鏑木さんは実は未来人！　おに……Oくんのとある未来を知っており、Oくんもこの出会いをきっかけに、知られざる未知のパワーを覚醒させていく……的な！」

「……なるほど」

あるんだよなぁ、トンデモ設定。

その高嶺の花、鏑木先輩が実は二周目の人生を謳歌しているなんて設定が。

それについては話していないのに、未来という方向性が微妙に合っているあたり、麻奈果の勘が鋭いのか、はたまた鏑木先輩と似た部分があるのか。

もしかしたら、正直に全て話していても、麻奈果ならあっさり信じたかもしれない。

「おにい、なんか相づちガチっぽくない？」

「ガチっぽくないし、おにいじゃなくて、お兄ちゃんだし」

「このタイミングでそれ言う!?」

「お兄ちゃんは、おにいなんて変な呼び方が妹の将来に傷をつけないか心配なのです」

「変な呼び方じゃないし。可愛いじゃん！」

そうやって、その時の感性に身を委ねていると、後から思い出して後悔したりするんだよな。所謂、黒歴史ってやつ。

麻奈果も近い将来、「あたし、お兄ちゃんのことおにいとか呼んでたけど、あれって若さ故の過ちってやつだよね……」と寝る前とかに突然思い出して頭を抱えることになるかもしれない。

お兄ちゃんはね、未来の麻奈果の安眠を守るために頑張っているんだよ。もう遅いかもしれないけど。

「まぁ、そんなのはどうでもいいんだけどさぁ」

麻奈果はあっさり話題を切り替える。彼女自身、さっきの未来云々はただの冗談で、わざわざ引っ張るほどのものでもなかったみたいだ。

そりゃそうだ。やっぱり正直に「鏑木先輩って人生二周目なんだって〜」とか言ってたら、呆れられていただろうな。

「おにいはその鏑木さんって人に、取材のために利用されてるって思ってるんでしょ。それでもその部活辞めようって思わないの？」

「うーん……今のところは特に。別にそれで、僕が何か損してるってわけでもないし」

「損はしてないかもしれないけどさぁ……」

麻奈果は不満げに唇を尖らす。

彼女が言わんとしていることは、なんとなく分かる。単純に、身内が誰かに、ただ一方的に、黙って利用されているってことが気に食わないんだろう。それこそさっき言っていたみたいに、突然怪しいツボを売りつけられるとも限らないしな。

でも、当事者である僕は、今のところそんな心配はしていない。

特別なパワーなんかないから絶対とは言えないけれど……僕の目に映る先輩はすごく楽しそうだから。

人生二周目で、一周目は僕と結婚していた……そんな話が本当だとうっかり信じてしまいそうなくらいに、その嘘に熱を籠めてくれているから。

だから僕も、有名人へのもの珍しさとかだけじゃなくて、純粋に、もう少し鏑木先輩と過ごしてみたいって思っている。

もしかしたら僕が選ばれたのは全くの偶然で、打算的なものかもしれないけれど、それに文句を言ってしまうのは、なんというか……贅沢だって思ってしまう。

「まぁ、初めての部活だからな。麻奈果が演劇に熱中してるのを間近で見て気になっていたし、丁度良い機会だって思うことにするよ」

「むぅ……だったらおにいも演劇やればいいのに」

「僕には向いてないよ」

「そんなことない！　だって、あたしが演劇やろうって思ったのも、そもそも……」

「そもそも？」

「………知らない！　おにい、コンビニ寄ろ！　アイス買って！　三つ追加！　もちろん、おにいのおごりで！」

「なんで!?　さっきも買っただろ！」

麻奈果の好物はアイス。夏でも冬でも、季節構わず食っている。

そしてさっきも、麻奈果の準備を待たず置いていった罰と称し、スーパーで二つ買わされていた。

「というか更に寄り道してたら、先に買ったのが溶けちゃうだろ」

「うー……だったら溶ける分も合わせて五つ！」

「お兄ちゃんの財布を少しは心配しなさいよ……追加分はまたの機会にな」

「言ったね!?　約束だかんね!?」

「おにいちゃん、うそ、つかない」

ただし、いつになるかは明言していない模様。

お兄ちゃんは妹に嘘は吐かないが、隠し事をしたり悪知恵を働かせたりする生き物なのだ。

第四話　休日と鏑木先輩

そんなこんなで激動の一週間が終わり、ようやく休日がやってきた。

鏑木先輩。文芸部。

突然舞い込んできた非日常によって僕の高校生活が大きく変わりそうな予感に、大きな不安とちょっぴりの期待を感じる今日この頃……僕は、高校の最寄り駅にある書店にやってきていた。

同じ学校の有名人から二人きりの部活の先輩……と、一気に距離が近づいた。

いつか、とは思っていたけれど、さすがにまだ先輩の著書を手に取っていないのは失礼なんじゃないかと思ったからだ。

「ええと、小説のコーナーは……あっ!?」

駅前ということもあり、それなりに大型の書店。

見当違いのところを探して時間を食わないよう、小説が並んだコーナーを探そうと店内を見回したところ……それよりも先に、あるものが目に入った。

——鏑木美春、最新作!!

天井から吊り下げられた、ドドンとしたポップ……いや、これはもはや看板だ。

特設コーナーとして、入口から一番目立つ場所に置かれたテーブルには、作家鏑木美春の最新作がピラミッドの石段の如く、大量に積み上げられていた。

そして、その横には親切にも過去の著作も並べられていて……地元というのもあるんだろうけど、期待の圧が半端ない。

（やっぱり、凄いんだな……）

作家というのは知っていたけれど、こうして活躍のほどを見せられると、また別角度から殴られた感覚になる。

そうして驚いている側から、一人、また一人と鏑木先輩の最新作を手に取っていく。

（さすがに無くならないだろうけど……僕も早めに確保しておこう）

僕も他の人に倣って山の上から一冊手に取る。ついでに、横に並べられた過去作品からも一冊……デビュー作、と帯に書かれた本を取る。

「これでよし……ん？」

ふと、横の棚に目を移す。

そこには先輩のとは別の特設――作家入門者に向けたハウトゥー本が積まれていた。

地元の、しかも現役高校生の新作が発売ということもあり、自分も書いてみようと思う人が増えるのかもしれない。

特設されるってことは、それなりの需要も見込めるんだろうし。

「『転生してないけど小説書いてみた件』……」

カジュアルさの演出か、そんな不思議なタイトルの本もある。

どうなの？　と思わなくもないけれど、こうして目をひかれた時点で、向こうの作戦は成功しているのかもしれない。

（そういえば、機関誌がどうとか言ってたよな……）

文芸部の活動の一環として、文化祭で機関誌を出す。

先輩はそこに書き下ろし小説を書けば、部活動としての筋は通るって言っていたけれど、改めて考えるとそれってとんでもないことなんじゃないか？

大型書店の特設コーナー、そこに積まれた山のような新作。

そんな多くの読者を抱える先輩が、たかだか高校の文芸部、その機関誌にそこでしか読めない新作を掲載する……ぼ、暴動でも起きるんじゃないだろうか!?

いや、それほどでなくても、翌日には通販サイトなどで高額転売が行われ、全国各地でコアな先輩のファンの手に届いたり……あれ？

「そういえば……」

――あ、いや……機関誌って、僕も何か書かなきゃいけないのかなって、ちょっと気になって。

――あー、うん。そうなるだろうね。でもそう気負うことないよ。

――先輩の作品と並ぶとなると……僕、何か書き物をした経験も無いですし。

――大丈夫さ。あくまで高校生の機関誌なのだから。

「あああっ!?」

先輩との会話を詳細に思い出し、思わず叫んでしまう僕。

当然いきなり叫んだもんだから、他のお客さんの視線を集めてしまったけれど……それどころじゃないってくらい、心臓がバクバク鳴っていた。

あの時だって軽く抗議したけれど、軽くで済むレベルじゃない、これ!

鏑木美春の書き下ろし小説が読める機関誌！　ファン垂涎《すいぜん》の一冊にはなんと！

……一般高校生、執筆経験無しのド素人、日宮友樹の小説もついてくる。

(それは絶対アカンだろっ！)

きっと殆どの人は見向きもしない。コーヒーのシミ程度の扱いだろう。

しかし中には、気に留める読者もきっといる。

そして、その稚拙さを笑い……いや、笑うだけならまだいい。「なんだこれは」と激怒する人も現れるかもしれない。鏑木美春の小説を汚すな、と。

仕舞いには著作権なんかまるで無いかのように、ページが切り取られ、ＳＮＳにアップされ、拡散。

散々叩かれ大喜利の題材にされたあげく、今度は作者・日宮友樹の個人情報が特定される。部活動の機関誌なのだし、仮にペンネームで隠したとしても割れるのは一瞬だろう。家には日宮友樹アンチが押しかけ、ドアには落書き、窓からは石が投げ込まれ、自転車はパンクさせられる。

家族にも迷惑がかかり、家の中にも居場所を無くした僕は、路頭に迷うことに……！

「詰んだ……」

まさか機関誌を出すという話にこんなとんでもない爆弾が仕掛けられていたなんて！

どうする……一体どうすれば……!?

「やあ、友樹くん」

「え？　……えっ!?　もしかして、鏑木せ――むぐっ!?」

「しーっ！　あまり大きな声出さないで！」

いつの間にか隣に鏑木先輩が立っていた!?

驚きのあまり叫びそうになったけれど、彼女が咄嗟に手で塞いでくれたおかげでことなきを得た。

いや、でもどうして先輩がここに!?

「ここじゃ目立つから……ほら、こっち」

先輩は僕の手を掴んで、人の少ない専門書の本棚が立ち並ぶ方へと引っ張ってくる。

その間も僕はただ混乱していて……でも、確かに特設コーナーにその作者である鏑木先輩がいるなんて分かったら騒ぎになるだろうな、というのは分かった。

「この辺りならいいか。ふぅ……」

人がいないのを確認し、安堵の溜息を吐く先輩。

見れば、先輩は心なしか変装しているようだった。

おしゃれなベレー帽を被り、長い髪は三つ編みに。

普段していない伊達メガネを掛けている。

制服姿だとカッコいい美人な印象が強い先輩だけれど、服装も全体的に柔らかな雰囲気で……どちらかといえば、可愛い感じにまとまっていた。

「ごめんね、友樹くん。いきなり声掛けちゃって」

「あ、いえ……」

「でもまさかキミとここで会えるなんて！　ふふっ、運命っていうのは、こうやって目に見えるものなんだなと、感動してしまったよ」

謝りがてら、そんなキザな言葉を添えてくる先輩。

いや、そもそも彼女が謝るような話じゃないのだけど。

「どうして先輩がここに？」

「それは正《まさ》しくこちらの台詞だよ。私は一応、新刊発売後の市場調査といったところかな」

「へぇ……」

「あはは、なんて大げさなものでもないよ。ただ、この書店さんはいつも大きめに展開してくれるから、どれくらい売れているかなーってね」

特設コーナーが大々的に作られて、「大きめ」と片付けるのはどうなのか……いや、これればかりは先輩の感覚だから、僕には何も言えない。

「それで、友樹くんは？」

「僕は、その……」

先輩の本を買いに来た……と、その先輩を前にして言うのは、なんだか恥ずかしい。しょうもない見栄だけれど。

「ん？」

しかし、僕が黙っている間に、先輩は見つけてしまう。

僕が片手に持っていた二冊の本を。

「それって……」

「あ……はい」

指摘されればもう逃げ場は無い。

僕は証拠を突き付けられた犯人の如く、観念してお縄にかかることにした。

「もしかして、わざわざ買いに来てくれたのかい？」

「はい。その……せっかく部活にお誘いいただいたんですし、読まないのも失礼かなと思いまして」

「ふーん……」

そう白状すると、なぜか先輩はつまらなそうに唇を尖らせた。

え、なんで!?　先輩の本を買うっていう、一応先輩の得になることをしているのに！

「そっかぁ。友樹くんはこれまで、私の本を読んでくれていなかったんだぁ……」

「えっ！」

まさかそれで拗ねてたのか!?

「そ、そんなこと……」

「これ、私のデビュー作だ。わざわざ最新作と一緒にデビュー作を買うなんて、これからその作家を知ろうとしている以外、中々無いと思うんだけど？」

「うぐ……」

さすがの名推理。完全に図星だ。

「いや、別にね？　世界中の誰もが私の本を読んでいるなんてうぬぼれていないし、高校内でも同じ。でも、キミだけには、私に対して少しは興味持ってくれていたらなぁ……って、ちょっと期待していたというかさ………」

「うっ、すみません……」

「ふふっ、なんてね」

「え？」

先輩はぺろっと舌を出し、悪戯成功とばかりに笑う。

「冗談だよ。興味を持ってもらう、という意味では、今まさにこの本を買おうとしてくれているキミを見つけた時点で大分満たされているしね」

既に本を読んでいなくても、読むために本を購入しようとした時点で同じ……ってことだろうか。

「まあ、せっかく買っても、読まずに積んでおくって人もいるけれど？」

「よ、読みますよ！　絶対、すぐに読みます！」

「ふふっ。嬉しいけれど、そうはっきり言われちゃうと緊張するなぁ」

先輩ははにかみながら後頭部を掻く。

特設コーナーが作られ、多くのファンに期待される作家先生でも、こういう反応は普通の人間っぽいと思わされる。

元々こっそり読んで、本人にバラすつもりはなかったんだけど……喜んでもらえているなら、良かったかな。

「あ、でもわざわざ買わなくても、キミにならプレゼントするよ？　うちに何冊か余っているし……なんだったら、サインだって書いちゃうよ！」

「えっ」

「ちなみにぃ、私、あんまりサイン書かない派なんだ。サイン会とかもやらないし、今までは抽選のキャンペーン用とか、協力してくれる書店さん用にちょこっと書いたことがあるくらいで。だから……すっごくレアだよ？」

「そ、そうなんですか……って、だ、大丈夫です！　ちゃんと自分で買いますし！　それに、サインなんてもらったら本の価値が上がりすぎて、気軽に読めなくなりそうですし……」

「大丈夫。サインって宛名を書けば結構価値が落ちるらしいから。ちゃーんと、『愛しの友樹くんへ。愛を込めて。はぁと』って書くからさ」

「余計読めなくなりますよっ！」

本を手に取るたびに、そのメッセージを見させられることになるなんて、絶対慣れることないし、変に意識させられてしまうだろう。

それに、万が一、その本が両親や妹に見られたら……ある意味、成人向けの本よりもとんでもない地雷になりかねない！

「むぅ、どうしてもいらない？」

「ぐ……！　……先輩からもらったり、サインしてもらったりしたら、負い目になるじゃないですか。そうしたら、純粋な気持ちで読めないかなって」

「むっ、なるほど。それは確かに」

経験があるのか、頷く先輩。

良かった。咄嗟の思いつきだったけれど、納得してくれたみたいだ。

もちろん、自分で買ったからって酷評するつもりはないし……自分に合わなくても、その気持ちは腹にしまっておくつもりだ。

ただ、純粋な気持ちで読むという目的は、こうして先輩と話す仲になった以上、もう果たせないと思う。

「じゃあ、恐縮だけれど、どうかその子達をよろしくお願いいたします」

「あ、はい。こちらこそ……いえ、お粗末様です？」

「ふふっ、なんだいそれ」

笑われてしまった。だっていきなり、真面目な雰囲気で、頭を下げてくるから……！

「ああ、そうだ。もうひとつ、聞きたいことがあったんだ」

「え？」

先輩はそう改まり、いつの間にか手に持っていた本を見せてきた。

「あっ……!?」

その本のタイトルは……『転生してないけど小説書いてみた件』!!

「これって、小説の手引き書……入門書だよね？」

「ど、どうしてそれを……」

「私がキミを見つけた時、すごく真剣な眼差しで眺めていたから気になっちゃって」

「真剣というか……なんというか……」

おそらく、その時僕が眺めていたのはこの本ではなく、悲惨な末路をたどった日宮友樹の成れの果て（幻覚）だっただろうけど。

ああ、あのモヤモヤした絶望感が、再び蘇ってくる……！

「もしかして、機関誌の話をしたからかい？　まさか、そんなに真剣に考えてくれていたなんて思わなかったなぁ」

「う……そのことなんですが、先輩」

「ん？」

どこか嬉しそうな鏑木先輩を前に、これを言うのは心苦しい。

しかし、不意に浮かんだ唯一の解決策……先輩に迷惑を掛けず、未来の僕も救うためには、これしかなかった。

「文芸部、辞めさせてもらえないでしょうか…………」

「へ？」

先輩はカチンと固まり、手に持っていた本を落とした。

◇◇◇

先輩の著書二冊と、落としてしまった小説入門書を会計し、僕らは近くのファミレスにやってきた。ちなみに小説入門書は先輩が奢ってくれた。落としてごめんと、すごく謝りながら。

――詳しい話は食事をしながらでもどうかな。

フリーズから復活した先輩のそんな提案に頷かせてもらう。

真面目に話せば息の詰まりそうな内容だけれど、食事の片手間ならすんなり伝えられる……かもしれない。

そう淡い期待を抱きつつ、休日の混んでいる店内でなんとか着座。

僕はドリア、先輩はたらこスパゲティ、そして二人分のドリンクバーを注文した。

そのリーズナブルさと、お子様メニューに描かれた間違い探しの難しさで度々話題になるこのファミレス。

これが平時だったら和気藹々と間違い探しに興じたりできたかも……いや、ないな。そもそも鏑木先輩と二人でファミレスに来るなんて、それ自体が異常事態なわけで。

「――と、いうわけでして」

「…………なるほどね」

頼んだドリアにほどほどに手をつけつつ、退部したいと言った理由を話す。

あけすけに言ってしまえば、機関誌を書きたくない、というだけ。流れでとはいえ、小説入門書を買ってもらってしまった手前、余計言いづらかったけれど……それはなんとかドリアと一緒に飲み込んだ。

対する先輩は、手元のたらこスパゲティをフォークで巻き、ほぐし、また巻き……と、手をつける気配も無く、ただ僕の話を聞いていた。

「キミの言うことも一理ある。というか、正直そこまで気が回っていなかった……ごめん」

「い、いえ！　先輩が謝ることじゃないです！」

「いいや、自覚はしているんだ。私はあまり自己を客観視できていないってね。ただ、誤解して欲しくないのは、別にキミを辱めようと、あんな提案をしたわけじゃないんだよ」

「それは疑ってないです」

見方によれば、先輩が罠を仕掛けたと思えなくもないんだろう。

ただ、不思議とそんな考えには思い至らなかった。単純にそこまで気を回す余裕が無かったっていうのもあるだろうけど。

だから、先輩に対する恨みとか、不信感は全く無い。

「私は……せっかくキミと同じ部活をやれるから、何か……思い出が欲しくて」

「思い出、ですか？」

「ふふっ、まだ半年弱、未来の話だけどね。でも、機関誌を出せば、それがそのまま形になって残るだろう？　もちろん、一緒に本を作る、その時間自体も格別なものだろうけどね」

先輩はそう寂しげに笑い……溜息を吐いた。

「けれど、流通した後のことは考えていなかった。キミの懸念は尤もだし、そうならないと否定もしきれない。どれくらいの反響があるか……初めての試みだし、まったく読めないからね」

「そうですよね……」

「うん。だから……機関誌の件は、一旦白紙にするよ。残念だけれど、これぱっかりは仕方ない」

「う……すみません……」

「ううん。こちらこそだ」

先輩はそう言い、持っていたフォークを置く。

そして……改めて、真剣な眼差しを僕に向けてきた。

「ただし、退部は認めない」

「えっ」

「そもそも、機関誌の問題がネックになっていたのだから、それが白紙になった以上、キミが部を辞める理由は無くなったということだ」

「かもしれませんが……」

「そして、今や文芸部が存在する一番の理由はキミだ。キミがいなくちゃ、あの部がある意味が無い！」

「いや、それは言いすぎでは!?」

「言いすぎなもんか。キミが辞めるなら、廃部にさせたっていい」

頬杖をつき、むくれる先輩。なんか、すごくいじけてる……！

さっき、先輩の著書のくだりでいじけたフリを見せられた分、今回はかなりマジっぽいと分かる。

「第一、いきなり辞めるなんて心臓に悪すぎるよ。正直失神するかと思った。私、何か嫌われることしちゃったかなって。ていうか、私の本を読むっていう話をしてから、落差が酷すぎないかい？　ちょっと浮かれてたんだよ。キミに本を読んでもらえる。もしかしたら感想だって聞けちゃうんじゃないかって。もちろん、キミの好みに合う内容じゃないかもしれないから、手放しで褒めてもらえるとは思わないけれど、キミの感想なら、たとえ酷評であっても私にとってはご褒美……いや、分からない。酷評されたらすごく落ち込む。立ち直れないかも……どうしよう……つら……」

「いや、なんで勝手に落ち込み加速させてるんですか!?」

ズーン、と効果音が聞こえてきそうなくらいに肩を落とす先輩。

拗ねていたと思ったら予想外のところに着地——いや、崖の下にゴロゴロと落ちていってしまった。

「だ、大丈夫です！　最初から、もしも自分に合わなくても、その時は感想を腹の底にしまいこもうと思ってましたし！」

「フォローになってない……私の作品なら絶対に自分に合うって言って」

「いや、読む前に言ったら絶対嘘じゃないですか」

出版に至るほどの作品だ。先輩も真剣に書いているはず。

それに対し、読まない内に評価するなんて……たとえ先輩に頼まれても、やっぱり失礼な気がする。どうしたってそれは嘘になるし、一度嘘の評価をしてしまえば、それ以降何を言ったって、嘘が混じってるんじゃないか、お世辞なんじゃないかという疑念が付き纏うことになる。

僕は本に対する知識もあまりなければ、変にこだわりもない。

多分読めば何だって新鮮で、面白いって感じると思う。だからこそ、その素直な気持ちで作品に向き合うことこそ、先輩に対する素人なりの礼儀なんじゃないかな……と。

「……うん、そうだね。さすがに今のは私がダメだった」

もっと押してこられたら折れそう、って思っていたけれど、先に折れたのは先輩だった。

「はぁ……私はやっぱりダメなやつだ。ごみくずだ」

「落ち込みすぎでは!?　そんなことないですよ！」

「じゃあ、部活を辞めるっていうのは撤回してくれる？」

「え？」

「これ以上どん底に落ちたら、私もう立ち直れない……」

「わ、分かりました。撤回しますから！」

「そっか！　良かった～」

「立ち直るの早っ！」

ぱっと顔を上げ、満面の笑みを浮かべる先輩。

コントにしたって一瞬すぎるだろ！

「安心したらお腹減っちゃった。いただきまーす。あ、追加で頼んでもいい？」

「どうぞ……」

先輩はたらこスパゲティを頬張り、あっという間に食べきると、追加でマルゲリータピザ、おつまみチキン、チョリソーを平らげ、さらには食後のデザートとしてティラミスも頼んだ。

どんだけお腹減ってたんだ……。

「あ、お会計は心配しないで。ここは私が奢るから！」

「そうですか……」

これだけ豪快に食べられると、僕も割り勘でとか、食べた分だけ、とか言う気力を失ってしまう。

先輩の食べた分に比べたら、僕の頼んだドリアとドリンクバーなんて微々たるもんだろうからなぁ……、と。

◇◇◇

「うーん、満腹満腹！」

ファミレスを出て、気持ちよさそうに伸びをする先輩。

結構な量を食べていたけれど、服越しに見るお腹は、ファミレスに入る前と比べて膨らんでいるようには見えなかった。

いや、事前にまじまじと確認していたわけじゃないけれど……相変わらずスリムで、文句のつけようがない。

「ん……友樹くん？　そう人のお腹を観察するのは、ちょっと失礼じゃないかい？　私はこれでも乙女の自覚があるのだけど」

「あっ、いや……すみません！」

これでもというか、どこからどう見ても乙女です、ハイ。

なんというか、普段から黒髪ロングの先輩は大和撫子なんて言葉が似合いそうだけれど、三つ編みにしている今は大正ロマンっぽい雰囲気を感じさせる。

どちらがより乙女っぽいかは分からないけれど……この二つを比べる時点で、タイトルマッチ級の好カードだとは思う。

つまり、鏑木先輩は乙女である。

「さて、これからどうしようか？」

「え？　先輩は用事とかあるんじゃないんですか？」

「まぁ、書店に来るという目的は達成できたからね。もしもキミに時間があるなら、もう少し一緒にいたいなぁ……なんて、ははっ。ちょっと迷惑かな？」

「い、いえっ！　そんなこと……」

迷惑ってことは全然無い。

今日は本だけ買って、すぐに家に帰るつもりだったから予定もないし……。

ただ、こうやって先輩と一緒にいると、なんかデートみたいで……いや、周囲から見たら、とてもそうは見えないんだろうけど。

普段、学校で会う時の制服姿（といっても二日会っただけだけど）と比べても、今の私服姿は新鮮で……自覚するたびに緊張してしまう。

……あれ？　でも、制服姿の先輩と学校で顔を合わせてもやっぱり緊張するよな。

そう考えたら、あまり変わらないいんじゃないか？　どっちにしろ緊張はしちゃってるんだから。

「おーい」

「あっ!?　はい！」

「やっと気が付いた。またどっぷり考え事しちゃってたからさ」

「う、すみません」

「ふふっ、気にしてないよ。そういうところも可愛いなって思うしね」

「ぐ……」

可愛いとか言わないで欲しい。どうリアクション取ればいいか分からないし。

「とはいえ、だ。キミの貴重な休日をあまり奪ってしまうのも申し訳無い。それに、よくよく考えれば、キミにこの姿を晒し続けるのは抵抗があるというか……」

「えっ、別に変なところなんか無いと思いますけど……」

「これはあくまで私が鏑木美春だと周囲にバレない為の変装だからね。私だって自分にどんな服が似合うかは多少なりとも理解しているつもりさ。今の私はさしずめ、魔法使いなのに剣を装備している、みたいな感じかな」

確かに普段の先輩の雰囲気とは違うけれど、この格好も可愛いし、いいと思うんだけどな……とは、言った僕が照れて爆発四散しそうなので、口にはできない。

ただ、女性には女性の拘りがあるんだろうな、というのはなんとなく分かる。

妹の麻奈果も、ちょっとコンビニに行くぐらいでちゃんとした格好に着替えたりするし。

「うーん、でもせっかく会えたんだし、このまま解散は味気ない……そうだ！　あと一軒だけ、いいかな？」

「もちろんですけど……」

「それじゃあこっち。レッツゴー♪」

そう言ってご機嫌そうに歩き出す先輩。

さっきも、今も、休日に私服の先輩と一緒にいると、ちょっとデートっぽいなんて錯覚を起こしたけれど……でも、やっぱり無いな。

デートなら多分、横に並んで、手を繋ぎ合ったりするんだろう。

でも、そんなことをしたら、きっと僕は一瞬でゆであがって気絶してしまう。

先輩が前を歩いて、僕は少し後ろを歩く。

これくらいの距離がいい。これくらいが落ち着く。

そう納得しつつ、僕はなんとか心を落ち着けるのだった。

◇◇◇

先輩が連れてきてくれたのは小さな雑貨屋さんだった。

おそらく僕一人では中々入ろうとさえ思わない、こぢんまりとしたちょっとアンティークな雰囲気のお店だ。

正直外観的には喫茶店だと思った。

店内にはちらほら女性客が入っている。もしかしたら女性の間では有名なのかもしれない。

「ここは手芸品とかを売ってくれるお店でね。私もたまに覗くんだ」

「へえ……」

ぬいぐるみや鞄、ポーチなど、布製の小物が並ぶ店内。初めてのその空間はまるでおとぎ話の世界みたいだった。

「友樹くん、目的はこれだよ」

「これって……ブックカバーですか？」

「うん」

先輩が指した棚には色とりどり、意匠様々なブックカバーが並んでいた。

フェルトで作られたもの、皮が編まれた高級感のあるもの、さらには魔術書のようにゴテゴテしたものまである。

「面白いよね。一口にブックカバーといっても、色々なものがあるんだ。これなんて、木で作られてるんだって」

「えっ、模様じゃなくて？」

先輩が手に取ったのは木目柄のブックカバー。

プリントされたものだと思ったけれど、わっ、手触りが本物だ！

「割れたりしないんですかね……」

「まあ、でも紙だって元は木だからね」

「確かに、言われてみれば」

なんだかとんちみたいだ。

でも安っぽさは無いし、手触りはしっかり木っぽい。

こういうのが好きな人は普通にいそうだ。

「さあ、友樹くん。ここに連れてきたのは他でもない」

「はい？」

「この中から一つ、プレゼントしてしんぜよう！」

「えっ！」

プレゼント!?　いったい何で！

「そんな、貰えませんよ！」

店内だから大声は出せないけれど、それでもしっかり断る。

落としてしまい、先輩には必要無いからと買ってもらった小説の手引き書。

先輩がたらふく食べ、ちゃっかりポイントを貯めていたファミレスの料金。

正直それらだって、ただ奢ってもらうのは申し訳無かった。なんとかお返しできる機会があればと、頭の片隅には留めておくつもりだ。

けれど、今回に関しては、流れもへったくれもなく、本当にただ貰うだけだ。

それはあまりに――。

「プレゼントしてもらう理由がありません」

「理由……理由かぁ」

先輩は顎に手を当て、むむむと唸る。

そしてすぐに、何か閃いたように得意げな笑みを浮かべた。

「じゃあ、入部祝いってことで」

「なんか、明らかにとってつけた感じというか……」

「ノンノン。元はといえば、私がお願いして入ってもらったんだ。それに、また辞めたいと言われても困る。こうして入部祝いをプレゼントしておけば、キミへの重しになって、そう簡単に辞めたいなんて言いづらくなるかもしれないでしょ？」

「思ってたより打算的だ！」

「思いつきだけどね！」

白状した！

「それに、キミはこれから私の本を読むだろう？　でも、想像してみてよ。私の本を教室で広げている自分の姿を」

「はい……？」

「休み時間、キミは本を読んでいる。ふと本を閉じた時、その表紙が隣の席のクラスメートに見られてしまう。そして、彼または彼女は気が付く。『あ、鏑木美春の本だ』とね」

「はぁ……それが？」

「なんかミーハーっぽくて恥ずかしくない？」

「た、確かに……！　って、自分で言うんですか!?」

「自分で言っちゃう。だって実際そうじゃない」

我が校の有名人、鏑木先輩。

彼女の本を読んでいると知られるのは、確かにちょっと恥ずかしい感じがするかも。

本の内容が悪いんじゃなくて……なんだか、人気者に媚びようとしている感じがするというか。

「そういう視線がノイズになってキミの読書体験を邪魔しても癪だ。でも、逆に、家でだけ読むっていうのもなんだか拘束しているみたいで申し訳無い。教室じゃなくても、電車での移動時間とか、隙間隙間に楽しめるのもまた、本の魅力だからね」

「そうですね……」

「だから、私にとっても悪い話じゃない。それどころか、ブックカバー一つプレゼントしてあまりあるメリットがあるんだよ」

「でも、だったら自分で――」

買います、と、そう言いかけた僕だけれど、続きは人差し指で無理やり塞がれてしまう。

「これくらい、かっこつけさせてくれたまえ」

ぱちん、と伊達メガネの向こうで華麗なウインクを決める先輩。

僕はその仕草に見とれ、固まってしまって……まるで脳の他の機能を全部奪われたみたいに、ただ頷くことしかできなかった。

「よろしい」

先輩はにぱっと笑い、頷く。

「じゃあ、どれがいい？」

「えっと……」

「もちろん、無理して安いのを選ばなくてもいいからね」

先に先手を打たれた。

できるだけ安いのを選んで、先輩の負担を減らす……という、気の遣える後輩感を出すのは無理そうだ。

じゃあ逆に、本当に自分が欲しいのを、値段を見ずに考えてみよう。

商品のラベルを見る限り、よほどゴテゴテした、素人目にも明らかに高そうなものを除けば、大体高くても2000円以下に収まっている。

ブックカバー一つにそれだけ掛けるのはどうなのか、という疑問も無くはないけれど、文芸部員としてこれからお世話になる機会も多いだろうし……。

（重そうなのとか、装飾がゴテゴテしているのは微妙だよな。取り回しが難しそうだ。木のカバーも最初は面白かったけれど、持っていて違和感を覚えてしまいそう）

時間にして数分くらい、じっくり吟味した後、値段度外視で一番気になったものを手に取った。

「ほう。コットン製のものだね」

コットン。つまりは綿。

布製の、特に柄の無い、深緑色のブックカバー。

僕はこれが一番気に入った。

「どうしてこれを選んだんだい？　もちろんダメって意味じゃなくて、純粋な興味でね」

「一番は手触りの良さ、ですかね。僕は本を読むのに慣れていないので、違和感があると集中できないですし……これは逆に触っていて気持ちが良いというか、もっと触りたい気分にもなるので、本を手に取るモチベーションにも繋がるかな、と」

「うんうん」

「色は……まぁ無難にといいますか。白だと汚れが目立ちそうだし、黒は逆に重たい感じが微妙かなと。この色は落ち着いていて、邪魔にならない感じがするので」

「手触りというなら、革製のもいいと思うけど？」

「革は……ちょっと大人っぽすぎるというか、なんだか背筋が伸びて、落ち着かないかなって」

「……ふふっ」

「先輩？」

僕の回答を聞き、先輩は顔を伏せ、肩を震わす。

そして――

「あはははははっ！」

いきなり大笑いした。

店内に響き渡るくらい、大きな声で！

「先輩っ!?」

「あははっ、ごめんごめん。だって、あまりにキミが、キミらしいから」

何がそんなにおかしかったのか、うっすら目元に涙さえ滲んでいる。

先輩はすっとそれを拭うと、僕の手からブックカバーを取った。

「それじゃあ買ってくるよ。値段も……ふふっ、キミらしいね」

先輩はそう言って、ご機嫌な様子でレジに向かう。

ちゃんと値段を見ていなかったけれど……同じデザインのブックカバーを確認すると、ちょうど税抜きで千円だった。この中では少し安めの部類と言える。

「僕らしい、か」

自分に合う良いものを、と思って選んだけれど、値段重視で選んでいても同じ結果だったかもしれない。

そう思うと、あまり褒め言葉じゃないかもしれないんだけれど……僕は頭の中で先輩の言葉を繰り返して、思わず笑みを溢した。

◇◇◇

「それじゃあ、はい。ラッピングするのも手間かなって思って、そのままもらってきちゃった」

「ありがとうございます。大丈夫です。このまま、本屋の袋に一緒に入れちゃうので」

「うん。それがいいね」

お店を出て、ブックカバーを受け取る。

入部祝いに、鏑木先輩が買ってくれたブックカバー。なんだかこれもこれで本体以上の値がつきそうだ。

「それじゃあ、そろそろ帰ろうか。駅まで送るよ」

「いや、でも先輩は？」

「私はここから歩いて帰れるから、遠慮しないで」

先輩はそう言って、駅の方へと歩き出す。

僕も大人しくそれについていく。

先輩は先導しながら、小さく鼻歌を歌っていた。僕はそんな彼女の背中と、揺れる三つ編みを眺め、歩く。

「先輩」

「ん？」

先輩が振り返り、僕を見てにこっと笑う。

そんな彼女を見て、開きかけていた口を……閉じた。

「……なんでもありません」

「なぁに、遠慮せずに言ってよ」

「いえ、本当に」

「そう？　ならいいけど」

先輩はくるっと前を向いて、また歩き出す。

数歩遅れて、僕もついていく。

——これで、良い作品が書けそうですか。

そう頭に浮かんだ疑問を口にしなかったのは、できなかったのはどうしてなのか。

駅に着くまでの間、自問自答したけれど、結局答えは出なかった。

第五話　鏑木先輩と未来の話

文芸部に入部し、早くも一ヶ月ほどが経とうとしている。

大きな変化は制服が冬服から夏服に変わったくらいで、僕の日常は意外なまでに平穏を保っていた。

元々友達も多くなく、特別よく話す相手は晃とコバヤシくらいと、入学した時から変わりなし。家に帰っては妹のオモチャにされているのもこれまで通りだ。

そんな生活に、鏑木先輩が加わっただけ……いや、だけと言うには、とんでもなく存在感のある人なんだけど。

文芸部は今のところ活動らしい活動をしていない。ただ、毎週月・水・金曜日は昼休みに弁当を一緒に食べ、火・木曜日は放課後部室で過ごす、というのが定例化していた。

お互いの弁当を交換したり（初日のはさすがに豪華すぎて胃が痛くなるので、グレードは落としてもらった）、雑談したり、部室に置いてある本を適当に読んだり……なんともまったりした時間を過ごしている。

あまりに動きがなさすぎて、本当にこれで取材になるのか、不安になるくらいだ。

今日もいつもの木曜日らしく、放課後を文芸部の部室で過ごしていた。

鏑木先輩は僕の向かいに座りつつ、ノートパソコンに向き合っている。難しい顔はしているけれど、既に紙へネタを書き出す段階は終わり、作品の執筆に入っているようだ。

そんな彼女を、文庫本を読みながら盗み見ていると……偶然、視線が交わった。

「ん、どうした？」

「あっ、いや……」

「もしかしておっぱい揉みたくなった？　いいよ？」

「そんなこと言ってません。ていうか普段からお願いしているみたいな感じで言わないでください」

「わぁ、相変わらずクールだね」

にまっと笑う先輩。仲が多少良くなったとはいえ、そういう距離の詰め方はしていない。

いや、まぁ、はい……正直に言ってしまえば、冗談と分かっていてもぐらっときたのはここだけの話。

しかし、これは罠だ。謂わばハニートラップ。

甘い言葉に釣られて尻尾を振ったとしても、おそらく「冗談だよ」と苦笑されるだけ。

いや、それで済めばまだマシだ。もしも、それが鏑木先輩の著作に採用されれば、僕の痴態が全国、全世界に晒される!?

そう。簡単に揉ませてもらえるなんて、そんなうまい話があるわけないのである。

鏑木美春のおっぱいを揉むなんて、もしもそれが実現するのであれば、一生の武勇伝になるかもしれないけれど、人の夢と書いて「儚い」と表すように、夢はどこまでいっても夢なのだ。

「でも、私が思っているほど魅力的じゃないのかな。まだ発展途上とはいえ、平均よりは大きいと思うのだけど」

「ちょっ、何やってるんですか!?」

僕のすました態度が不服だったのか、先輩は更なる追い打ちをかけてきた。

制服の上から自分の胸を揉んでみせるという、あまりに大胆で効果的すぎる追い打ちを!

先輩がそれを始めた瞬間、なんとか咄嗟に顔の向きごと視線を逸らして逃れられたものの、直視していたら確実に理性を殺《や》られていた……!

「そりゃあ世間で注目されるトップモデルとかに敵うとは思わないけれど、私も健康には気を遣っているし、それなりだと思うんだけどなぁ」

正直なところ、僕的には、いや、おそらくこの学校の生徒達の多くが、鏑木先輩は十分トップモデルに交ざっても頭一つ抜けると思ってますよ!?

けれど、いや、だからこそ！　そういう軽率な行動はやめて欲しい！　切に!!

「まぁ、いいや。ちょっと休憩！」

先輩は自分で話を打ち切り、大きく伸びをした。それはそれで胸が強調されるので、勘弁して欲しい。

夏服になって、威力が増したことを理解して欲しい。切に。

「コーヒーでも淹れようかな」

「……それ、僕ももらっていいですか？」

「え？　コーヒーを？」

先輩が目を丸くする。

「キミはコーヒーが苦手だと思っていたんだけど」

確かに今日まで、コーヒーが話題に出ることはなかった。

先輩が飲んでいるのは何度か見たけれど、特に勧められなかったし、僕も気にしてはいなかった。

だから、コーヒーが苦手だと思われているのも頷ける……いや、先輩の場合、『一周目ではそうだった』と言うかもしれないけれど。

そして、その指摘は正しい。

「苦手ではあるんですけど……ちょっと、飲んでみようかなって」

苦手も苦手。一度飲んで、僕は決してコーヒーを楽しめないし、楽しみたいとも思わないと断言できる程度には駄目だった。

けれど今、僕の頭にはつい先ほどまで鏑木先輩が見せていた奇行がこびりついてしまっている！

それを振り払うには、劇薬でもぶち込み力尽くで吹っ飛ばすしかないのだ！

「本当に大丈夫？　普段ブラックしか飲まないから、砂糖もミルクも置いていないんだけど……」

「大丈夫です」

実際は全然大丈夫じゃないけれど、今回の目的からすれば、苦ければ苦いほど、強烈であればあるほど好ましい。

そんな悲痛な覚悟が伝わったのか、訝しむような目で見てくる鏑木先輩。

けれど、それ以上は追及することなく、部室にあったカプセル式コーヒーメーカーで一杯淹れてくれた。

部室内に広がる、何かが焦げたようなコーヒーの香り。今までも先輩が何度か自分の分を淹れることはあって、その時はあまり気にしていなかったけれど……いざ自分も飲むんだと思うと、妙に身が竦む感じがした。

「熱いから、今度は一気飲みしないようにね」

初めて一緒に昼食を取った時の、ハーブティー一気飲みを思い出しているのだろうか。気を遣うように釘を刺してくる鏑木先輩。

「もしも一気飲みしたいなら……代わりに、ふーふーしてあげてもいいよ？」

「だ……大丈夫です」

しかも追撃を忘れない。

けれど、僕だって木偶《でく》じゃない。一向に慣れる気配はないし、言葉の意味を理解した瞬間心臓がバクンと跳ねるのはいつものことだけれど、平静を装うのだけは上手くなっている自信がある。

僕がポーカーフェイス（崩壊寸前）を保ちつつ頷くと、鏑木先輩はつまらなそうに唇を尖らせながら、コーヒーを僕の前に置いてくれた。

「……ごくり」

「ねぇ、本当に大丈夫？　心なしか顔色悪い感じするけど」

「きのっ……気のせいです」

つい緊張で唾を飲みつつ、僕はやけに固くなった首を縦に振る。

コーヒーを初めて、そして最後に飲んだのは、確か僕がまだ小学生になったばかりの頃だった。

僕の父はカフェイン中毒者で、毎日コーヒーを飲んでいた。後から聞いた話では、僕らが生まれる前は毎日の晩酌が趣味だったのだけど、子どもが生まれるからということでアルコールではなくカフェインに鞍替えしたらしい。

　別にお酒を飲んだら暴れるタイプだったということではなく、教育上どうだとか、何かあった時にすぐ車を出せるようにとか、そんなことを照れた感じに、言い訳っぽく言っていた。僕や麻奈果がそれなりに大きくなった今では、お酒もたまにだけれど飲んでいる。

　それで話を戻すと、僕が初めてコーヒーを飲んだのは、それを愛飲する父の姿に惹かれたからだ。子どもながらの好奇心で父が席を外した隙を狙って、盗み飲んだのである。

　今でもあの時のことは忘れない。あの臭さと苦さ、喉の痛み。衝撃的すぎて思わずひっくり返り、頭を打った。そして「こんな苦くてマズいものを美味しく飲んでいるなんて、お父さんは宇宙人だったんだ！」と泣き散らかした。釣られて麻奈果も泣いた。そして、なぜかお父さんはお母さんにめっちゃ叱られた。

　これが後に長く語り継がれることとなる、日宮家コーヒーの乱である。

　ちなみに、コーヒー一杯に含まれるカフェインは約90ミリグラム。そしてカフェインの致死量は5グラムとか10グラムとか個人差があるけれど致死量に至らないから大丈夫というわけではない。

　健康を前提として一日に摂取しても安全とされるカフェイン量は、成人ならば400ミリグラム、子どもや青年なら45から90ミリグラムという、つまり大人なら4・5杯ほど、子どもはたったの1杯で超えてしまうのだ。

今日の前に置かれたこの黒々としたエキスは人類の味方などではなく眠気を吹き飛ばすという文言を掲げながらも常に虎視眈々と寝首を掻こうと狙っている存在であるということをゆめゆめ忘れてはならないのだ…………。

「友樹くん？　大丈夫？」

「はっ!?」

いけない。うっかりトリップしてしまっていた。コーヒーだけに。

コーヒーを前に呼び起こされるトラウマ。そして、父の目を覚まそうとカフェインについて調べまくって作った、その年の自由研究の内容が脳内を駆け巡っていたようだ。

「すみません。座ったまま寝てました」

「いや、めちゃくちゃ目開いていたけど」

「たまにそういうこともあるみたいです」

「それは気絶してるって言うんだよ」

諭すように言いつつ、苦笑する先輩。

もっともな指摘にむずがゆさを感じつつ、とりあえずコーヒーを冷ますために何度か息を吹きかける。

「代わりにやってあげるのに」

「け、結構ですっ！」

出会ってから一ヶ月、アプローチがどんどん強くなってきているのはきっと気のせいじゃない。

僕が中々屈しないから、負けず嫌いが発動しているのかも……と思うと、ちょっと申し訳無い気もする。

けれど、僕の痴態が先輩の小説で晒されないために……いや、全世界の冴えない男子代表として、ここは絶対に譲れない！

と、いうわけで……！

「いただきます！」

気合いを込めて、コーヒーを一口啜った。

「うっ!?　…………あれ？」

喉の奥が締め付けられるような苦み。それは確かにあった。

けれど、トラウマとしてこびりついていた、吐き気を誘発させるような嫌な感じは無かった。香りも意外と悪くない。思っていたものより、ずっと……いや、むしろ。

「おい、しい？」

「えっ」

「いや、美味しいは言いすぎかも……でも、全然飲めます」

期待していた、煩悩を吹き飛ばすような劇薬感は無かった。

けれど、なんか、意外な着地だ。

改めてもう一口飲んでみると、あの苦さがむしろ清涼感のあるものに感じられた。

苦いけど、マズいんじゃない。好きじゃないけれど、嫌うほどでもない。

「……先輩？」

ふと、こちらを見ながら、目を見開いて固まる先輩の姿が視界に入った。

心なしか顔色が悪く見えるような……気のせいだろうか。照明の当たり方の問題かもしれないけれど。

「ううん、少し驚いただけ」

先輩は僕が感じた違和感を否定するように微笑み、コーヒーを飲む。

「そうか。キミはハーブティーが苦手で、コーヒーは飲めるんだなぁ……ははっ。どうにも外してばかりだ」

「……先輩でも、分からないことがあるんですね」

「手厳しいなぁ」

「だって、先輩には何でも言い当てられてきましたから」

話していないことだって、当然のように知っている。

この間、「そういえば妹さんは元気？」といきなり聞かれた時は本当にビックリした。

味の好みで言ったって、外してきたことはない。僕の弁当と交換で差し出してきたものは、最初のハンバーグのみならず、好物ばかりだったし。

だから今から一ヶ月ほど前に、先輩が、僕がハーブティーを好きだと勘違いしていたことは、かなりレアケースだったのだ。

（まぁ、コーヒーに関しては、僕自身無自覚だったんだから、分からなくて当然だとは思うけど……）

それはもしかしたら、気の緩みと呼べるものかもしれない。

先輩と一緒に過ごすようになって、多少緊張感も和らいで、余裕ができてきて。

だから、「からかってやろう」なんて攻撃的な感情を抱いているわけじゃない。

ただ、指摘しないほどなんとも思っていないわけでもなくて……つい、こんなことを聞いてしまった。

「実際、未来ってどんな感じなんですか？」

最初は禁句かもってくらい、勝手に敏感になっていた話題だけれど、今はすんなり口にできた。

そんな僕の質問に対し、先輩は……じとっとした半目を返してくる。

「どうしたの、いきなり」

「いや、先輩が人生二周目って言うから」

「キミは信じていないと思っていたけど？」

「それは……そうですけど」

「なるほど。つまりキミは、私が未来を知っていると納得できれば、私の旦那さんであることも受け入れて、今すぐにでも籍を入れてくれるというわけだね」

「げほっ、ごほっ!?」

ちょっと踏み込んだら、思いっきりカウンターを喰らった!?

もちろん言葉で、だけど、あまりの威力にむせ込んでしまう。

「せ、籍は入れられないでしょ……法的に！」

「逆に言えば、法以外に私達を阻むものはないと言えるね」

「いや、言えませんよ!?」

「えー」

年甲斐も無くぶー垂れる先輩。

「でも私達はお見合いで出会ったんだ。その時点でまさに運命の出会い、と言えないかい？」

「そういうものなんですか……？」

そもそもお見合いなんて、縁遠い話すぎて想像もまともにできない。

ましてや、名家でもなんでもない僕にとってお見合いは……言葉を選ばなければ、恋愛結婚できなかった時の奥の手みたいな印象がある。いや、すごい悪い言い方だって自覚してるし、インターネットの海に晒せば間違いなく炎上するだろうけど。

もちろんこれはただの偏見だ。どっちが偉いなんて話じゃない。お見合いでも幸せな家庭を築いている人達はたくさんいるだろうし、逆に恋愛結婚でも不幸な結末を迎えている人達もきっと少なくないだろう。

でも、まだ結婚を自分事として考えられない僕には、そんな勝手な偏見を抱かずにいられるほどの利口さはなくて……。

それが運命だどうだと考えるより先に、つい疑ってしまう。

(この鏑木先輩がそこまで独身で居続けるものなのか……?)

僕なんかじゃとても釣り合わない、誰よりも特別で魅力的な人だ。結婚相手の候補なんて、いくらでも湧き出てくるだろう。恋愛でも……いや、そもそもお見合いでだって、たくさんの良縁に恵まれるはずだ。

そんな先輩が、ある程度の年を取って未来の僕とお見合いするまで誰とも結婚していなかったなんて、ある意味じゃ人生二周目より信じられない。

設定としても破綻してるんじゃないだろうか。

「けれど……未来か。あまり変なことを言って、期待させるのも悪いしなぁ」

「そんな大げさな話でなくてもいいですけど」

「逆に、大げさなことしか覚えていないんだ。私にとっては今から直近の未来は遥か過去だからね。メモもしたためていないし、今となっては確かめる術もない」

確かに、僕ですら小さい頃の思い出なんて、殆ど覚えていない。父のコーヒーを飲んで泣き喚いた……は、十分大げさな話だから覚えているけれど。

鏑木先輩は僕より一歳年上だし、さらにそれより昔の話となれば……まぁ、筋は通っている。

「じゃあ、大げさな話でも大丈夫です」

「あはは、余計ダメ。ネタバレを受けた小説ほどつまらないものもないように、中途半端に未来を知ってしまったらつまらないじゃないか。答え合わせのためにキミの感動を奪ってしまうのも、逆に怯えさせてしまうのも嫌だからね」

「むぅ……」

すごく尤もらしい言葉に、すぐにいい返しが思いつかない。

でも、なんか引っかかる感じもあって……なんだろう？

「とはいえ、せっかくキミから興味を持って聞いてきてくれたんだ。なにか答えたくはあるのだけど。うーん……高校生だった頃、何があったかなぁ……？」

今も先輩は高校生では、というツッコミは、今更なのでぐっと飲み込む。

「感動や不安を煽らないって意味じゃ、できるだけキミが興味の無い話の方がいいよね。

でもそうなると、余計に難しいかも。恥ずかしながら、かつての私は今より余程視野が狭い……なんというか、趣味らしい趣味を持たないつまらない女でね。趣味を持つだけのゆとりがなかったと言うべきか……毎日が過ぎていくのをただ待つだけみたいな、そんな生き方をしていたから」

「そうなんですね……」

「なんて、それこそつまらない話だよ。ごめんね、ちょっと脱線しちゃった」

先輩はそう言って会話に蓋をした。

その表情に、僕は、思わず息を呑んでいた。

僕にとって、先輩の語る未来の話は、それこそ先輩が小説に描く物語とそう大差ない。先輩が絶対的な支配者であり、先輩の口から出たものが全て、その未来では正しいとされる。

そういう設定、空想遊びのはず……今だってそうだ。

なのに、僕は先輩と一緒にいるとたまに、それはただの空想なんかじゃなくて、本当に本当のことを言っているんじゃないかと思ってしまう時がある。

先輩の声が、表情が、とても芝居だなんて思えない素直すぎる感情表現が、「間違っているのは僕だ」と、そう思わせてくる。

（でも、だったらどうして……）

不意にもやっとした気持ちが胸の奥に渦巻いた。

自分のことなのに、その正体が何なのか分からない。けれど、多分良い感情じゃない。

「そうだっ！」

先輩が跳ねるような声を上げる。

「じゃあ……芸能人の不倫話とかどうかな！」

「ええ……？」

得意げに胸を張っているものだから何を言い出すかと思えば……。

「なんか、急に下世話になりましたね」

「私だって進んでしたい話じゃないよ。でも印象に残っているんだ。私の性格が悪いなんて勘違いしないでくれよ？　結婚という明るい話題より、スキャンダルの方を嬉々として、大々的に報じたがるメディアが悪いんだい！」

「人の不幸は蜜の味って言いますからね」

「ぐぐ……これが刷り込み戦略か！　メディアめ、メディアめぇ……！」

発信する側だけじゃなく、受信する側にも多少は責任があると思うけれど。

ただ、確かに僕も、大して詳しくない芸能人のやらかした報道を、意図せずとも耳にしてしまうことはたまにある。

でも、『できるだけ興味のない話』というのに当てはまりそうだ。実際興味ないし。

「とはいえ、すっと思い浮かぶものがあるわけでもないんだよねぇ。高校生くらいの時期でしょ。うーん……あ、そうだ！　去年、解散した国民的……いや、元国民的音楽グループがいたのって分かる？」

「ああ、はい」

国民的で、去年解散と言われれば、僕にもすぐに思い浮かんだ。

国民的なんて修飾語、全米が泣いたくらい簡単に乗っけられる言葉で、本当に国民の多くから認知されている場合なんて、一握りだ。

けれど、去年確かに、その一握りの国民的音楽グループが突然解散を発表していた。

そりゃあもう突然だったものだから、テレビもＳＮＳも大層な騒ぎになった。マジかよぉ、と暴れていたコバヤシに、そのグループの曲縛りのカラオケに連れて行かれたのはいい思い出……いや、トラウマだ。

「ドラマの主題歌とか、ＣＭソングとかで引っ張りだこでしたよね」

「うん。私も聞き馴染みがある。そんな彼らだけどね……近いうちに再結成して、活動を再開するよ」

「えっ」

「事務所との関係悪化、グループ内での不和、音楽的方向性の違い……なんて、色々好き勝手噂を立てられているよね。有名税とでも言うのかな。けれど事実は小説より奇なり、だ。彼らはドラマチックさの欠片も無く、愉快な悪評もものともせず、ちょっと長めの休暇を経て、あっさりと復活するんだよ」

「えぇ……」

先輩はあっさり言うけれど、解散当時、芸能関係者や同業者達が口を揃えて、復活はないだろうと言っていたという。

それは、特別ファンでもない僕でも多少語れてしまうくらい、有名な話だ。

それが一年くらいで再結成？　いくらなんでも茶番すぎないだろうか。

口から出任せといったって、もっとあっただろうに。

「確か、ちょうど受験を意識し始めるかどうかくらいの頃の騒ぎだったって思ってね。ふふん、これが現実に起これば、さすがのキミだって信じざるを得ないだろう？」

「いや、まぁ……」

「ちなみに、事務所関係者から耳に入ったなんてことはないよ？　私、そんな繋がり持ってないし、下手に漏れたら炎上必至なこんな話、厳重に情報規制が敷かれているだろうからね」

そう先輩は得意げに語る。

正直そこは疑っていないというか……。今のところ、僕が思うのは、ただ一つ。

（この人、めちゃくちゃテレビ好きなんだろうな……）

そんなしょうもない感想くらいだった。はたまた、ミーハーと言うべきか。

「しかしこれで、いざ再結成が報道された時に驚くというキミの楽しみを奪ってしまったことになる。やはり、未来のことなんか知るべきじゃないね」

「楽しみを奪うってほどじゃないですよ。特別ファンでもないですし」

「そうかもね。でも、もしかしたら、『再結成するなら聞いてみようかな』なんて思って、そのままファンになる可能性だってあるかもしれないよ？」

それは……本当にそうなったら、若干否定もし切れない。僕は流行から完全に身を離した仙人みたいな人間じゃないし、良い意味で話題になっていれば興味を持つこともある。ましてや活動再開なんてなれば……それは活動を追い始める絶好の機会かもしれないし。

もちろん、この先輩の未来予知を鵜呑みにして、今から予習することだってできるだろう。でも、そこまで身を入れられるほど、先輩の予知を当てにできているわけでもない。

そもそも、それが信用できるかどうかってところから、この話題が始まっている。

だからこそ、本当に彼らが再結成したとして……僕の感動は、先輩の予知の方へと気を取られてしまうだろう。

そういう意味では確かに、僕がその国民的音楽グループのファンになるという可能性は、何も聞かなかった時に比べて薄くなったと言えなくもない、かもしれない。

「そもそも、未来なんて何一つ約束されていない。私一人の人生を以てしても、一周目と変わったことはたくさんあるんだ。未来を知れば期待も絶望も生まれる。期待して待ち構えてしまったせいで、未来が変わるかもしれない。目先の嫌なことを避ければ、それ以上の苦しみが待っているかもしれない。一周目の経験がある分、どうしたって今と前回を比べてしまう。そして、自分の愚かさに怒りを覚えてしまったり……ね」

先輩の言葉は途中から、独り言のようになっていた。

その目は僕を映しておらず、自身の手元に向けられている。

（え……？　もしかして、本当に……）

急に空気が重くなったのを感じつつ、ただ黙って先輩の次の言葉を待っていると——

「……なんてね」

「え？」

「あはは、ちょっとシリアスになりすぎちゃったかな」

先輩は舌をぺろっと出しておどけるように笑った。

「自分の選択に後悔が付き纏うなんて、一周目とか二周目とか、そんなの関係無く当たり前の話だよ。もしかして、私が本気で自己嫌悪に陥ったんじゃないかって、心配させちゃった？」

「あ、いや……」

見透かすようなその目に、僕は言葉を詰まらせる。

確かに先輩の雰囲気に飲まれた。けれど、先輩の方から冗談と言われてしまった以上、それを認めるのは……少し恥ずかしいと感じてしまう。

「……別に冗談だって分かってましたよ」

だから、負け惜しみか照れ隠しか、そんな小さな嘘を吐いてしまう。

「えー、ほんとぉ？」

「も、もちろん。だって、矛盾してるじゃないですか」

「矛盾？」

「先輩が本当に未来の話をしたくないって、それがきっかけで未来に悪影響を与えるのが怖いっていうなら……そもそも、僕に結婚がどうって話すのはダメじゃないですか？」

最初、鏑木先輩は、僕と未来で結婚するからという理由で声を掛けてきた。

けれど、さっきの先輩の言葉が本気のものだったなら、僕に結婚の話をすることをきっかけに、その結婚自体がなくなってしまう可能性を促すかもしれないってことになる。

でも先輩は、時々、まるで僕を誘惑するような口ぶりで迫ってきてるし……。

いや、まぁ、あくまでこれは鏑木先輩の設定に乗っかればの話だけれど。

「………」

「先輩？」

てっきり、「あはは、確かに」とか、「そこに気付くとはさすが友樹くん！」とか、いつもの先輩らしく、余裕たっぷりに返してくると思っていた。

けれど、先輩からの返事はなかった。


先輩は目を見開き、固まっていた。

さっきの、コーヒーに関するやりとりでも見せた動揺と似た……いや、あの時よりもはっきり、それが伝わってくる。


「あの……？」

「…………っと、ごめん。ちょっと用事を思い出した。今日は、先に帰らせてもらうね！」

「え？　あ、先輩!?」

鏑木先輩は早口にそう言って、飛び出すように部室を出て行ってしまった。

今度は僕が呆然とする番だ。何が起きたか分からなくて、ただ先輩が出て行ったドアを見つめるしかなくて。

……でも、コーヒーの時だってすぐいつもの感じに戻ってたし、多分大丈夫だよな？

「あっ！　ていうか、部室の戸締まりってどうすれば……ええと、顧問の先生に鍵を返しに行けばいいのかな……」

少し先輩の様子が気になりはしたけれど、すぐに心配は、今までやったことのない部室の戸締まりをどうするかという方へ流れた。

けれど、この時なんでもないと思ってスルーしたことが、実は想像よりずっと深刻だったと、翌日、僕は知ることになる。

第六話　鏑木先輩の住処

翌日の昼休み。

「うーん……」

僕はスマホを見つつ首を捻っていた。

曜日ごとに鏑木先輩との過ごし方は決まっている。今日は金曜日だから、昼休みには先輩と一緒にご飯を食べる……はずなのだけど。

（連絡、来ないな……）

先輩はかなりマメだ。

学校での過ごし方が決まっているのに、毎日、ちゃんとその日の予定をメッセージで知らせてくれるのだ。

「昼休み、楽しみにしてるね」とか、「放課後、待っているよ」とか、そんな簡単なメッセージだけだけれど。

ただ、今日はそれがなかった。いや、どうせ送られてくるのは業務連絡みたいなものなのだから、なくても困らないといえば困らないのだけど……毎回あったものが前触れもなくなくなると、どうにも気になってしまう。

（一応、こっちから連絡してみるか）

とりあえず「今日、お昼休みに伺って大丈夫ですか？」と、メッセージを送る。

けれど……返事はおろか、既読さえつかない。

「おっ、友樹。今日は部室行かないのか？」

自席から動かない僕に晃が声を掛けてきた。

もちろん、一ヶ月も同じことを繰り返していたのだから、友人である彼にも月・水・金曜日の昼休みは文芸部に出向いていることは把握されている。

「いや、先輩から連絡が来ないから、行っていいのかどうか迷ってて」

「許可されないと行っちゃいけないわけじゃねぇだろ」

「そうかもだけど……もし忙しくしてたら、邪魔になっちゃうだろうし」

「まぁ、現役作家様だもんなぁ。お前からは連絡したんか？」

「うん。まだ未読だけど」

初めての状況に戸惑いながらも、僕にとっていつの間にか、先輩と一緒に過ごすのは当たり前になっていて、そしてそんな時間を楽しみにしていたのだと自覚する。

……そんな気持ちが、顔に出ていたらしい。

「んな顔するなら、とりあえず行ってみりゃいいじゃん」

「……そんな変な顔してた？」

「変とは違うけどな」

晃はくつくつと楽しげに笑う。

なんだか僕以上に、僕を見透かした感じだ。そして、きっとそれは的外れでもない。

「んひ～……疲れたぁ～。日直ダリィ～～～」

そんな時、コバヤシが教室に入ってきて、僕の机にぐたっと項垂れた。

「よう、リトルマウンテン。随分お疲れのご様子じゃねーの」

「日直だからって先生コキ使いすぎだよねぇ。こんなか弱い女の子にノート運びさせるとか……って、誰がリトルマウンテンじゃ！　それ、コヤマじゃねーか！　あたしゃ大林！　英語で言うなら……ヘイ、モッキー。林の英単語教えて」

「シリみたいに呼ぶな。ちょっとシリに聞くから待ってて」

「シリの仲介業者現る」

シリに聞くと言いつつ、検索サイトでググっと調べてみる。「林　英語」っと。

「なるほど。英語じゃ林と森は区別しないらしく、ウッズとか、フォレストを使うらしい」

「へー、どうりで浮かんでこなかったわけだなぁ」

「てことは……マイネームイズ、ジャイアントフォレスト……ってコト!?」

「ジャイアントって、そこはビッグじゃねぇのかよ」

「ジャイアント……巨林？」

「ぶっ！　キョバヤシって！」

つい和訳した僕に、ツボにハマったのか晃が吹き出した。

「よかったな、キョバヤシ。新しい名前だぞ」

「ぐぬぬ……！　意味的には近づいたはずなのに、心なしかバカにされ度が上がった気がするぅ……！　ていうか、そうコロコロ人にあだ名をつけるの、良くないと思うんですけど！」

「お前だってすぐ呼び方変えるじゃねぇか。さっきだって友樹に、モッキーとか言ってたし。前はトミーとか呼んでただろ」

「いいじゃん、モッキー。猿みたいで可愛いじゃん」

「何も良くないんだよなぁ……」

さすがに猿扱いは喜べない。

どこかから、美少女に猿呼ばわりされるなんてご褒美でしかない、と聞こえてきそうではあるけれど。

「おい、キョバヤシ」

「だからあたしはコバ、じゃなくて大林！」

「晃が、自分だけ新しいあだ名をつけてもらえてないって拗ねてるぞ」

「は!? 拗ねてねーよ!? 友樹、お前まさか俺を巻き込もうと――」

「なんとなんと！ そりゃあ悪いことしちったねぇ～！」

死なば一人でも多く道連れに。

晃一人だけ安全なところから高みの見物というのも気に食わないので、しっかりと沼に引きずりこませてもらう。

「それじゃあ、それじゃあねぇ～キミの新しいあだ名はねぇ～～、ニッコー！」

「『にっこお？』」

ヒガアキラのどこを取っても語呂合わせになりそうにないワードに僕達は揃って困惑する。

そんな反応がお気に召したのか、キョバヤシはニヤリと笑う。

「晃って字を分解したら、日光になるでしょ」

おお、確かに。

「つまり……日光江戸村、来てちょんまげってコト！」

「いや、コトってなんだよ。意味分かんねぇよ」

「日光といえば猿山！ やったね、モンキチ。お猿が増えたよ」

「お、俺もいつの間にか猿にされていた、だと!?」

「……僕の猿化進んでない？」

モンキチはもはや猿につけるあだ名《ニックネーム》なんだよなぁ。

「あたしをコバヤシだのキョバヤシだの好き勝手呼んだ罰だ！　己の犯した罪を輪廻転生に失敗したその身で味わうがいいさ、この畜生どもめ！　フワーハッハッハッ！」

後で痛い目に遭いそうな悪役っぽい高笑いをするキョバヤシ。

実際、僕も、きっと晃も、反撃の手を今まさに考えているところなのだけど。

(でも……相変わらずだな、この二人は)

付き合いが長い分、会話も脊髄でやっているような、そんな気の軽さがある。

鏑木先輩相手だとこうはいかない。

大分マシになってきたとはいえ、まだ緊張してしまうし、間違ってもこの二人に向けるような軽口を叩くなんてできない。

相手は先輩なんだし、当然っちゃあ当然なんだけどな。

「つか、友樹。先輩からの返事は来たか？」

「いや、来てない。既読もやっぱりついてないし」

下らない会話をしている内に状況が動くかとも思ったけれど……残念ながら、現状維持だ。

「ん？　先輩がどーしたって？」

「ほら、金曜って友樹が例のあの人と部室で飯を食う日だろ。でも、普段は来る連絡が今日は来ないから、どうしようかって悩んでるみたいでさ」

「あれ？　モンキチ聞いてないの？」

「聞くって何を」

「例のあの人パイセン、今日学校休んでるらしいよ」

「えっ！」

鏑木先輩が休み？

「職員室でさ、先生達が話してたんだ。皆勤賞だったのにもったいないって話題になってた」

「へぇ、そりゃあ気になるな」

昨日会った時は体調不良って感じじゃなかったけれど……。

――…………っと、ごめん。ちょっと用事を思い出した。今日は、先に帰らせてもらうね！

不意に、あの別れ際の先輩の表情が頭に浮かんだ。

笑顔で、けれど、笑顔で誤魔化していると言えなくもない、そんな表情。

僕は大丈夫だろうと流してしまったけれど……もしかしたら、何か、あの時から兆候はあったのだろうか。

「友樹」

不安が表情に出ていたのだろう、晃がポンッと肩を叩いてくる。

「お前が悩んでもしかたないべ。風邪移したとかじゃないいんだろ？」

「そーそー。まだ既読つかないのも、もしかしたら体調悪くてまだ寝てるのかもしんないしね～」

こいつら……こっちがちょっとネガティブを発動したからって、フォローに回るのが早すぎるだろ。

普段冗談を言い合ってたって、こういう気遣いはできて……だから余計に、一緒にいて心地よいと思わせるんだろうな。

対して僕は、どうだろう。

もしも本当に、先輩が体調不良になっていて……もしも、昨日からその兆候があって、けれど僕の前では見せられないと気を張っていたとしたら。

僕は……先輩にとって、良い存在だと言えるんだろうか。

「……そうだ。なぁ、友樹。せっかくなら見舞いなんて行ったらどうだ？」

「えっ」

「確か駅前のタワマンに住んでるって噂だったよな。独り暮らしらしいし、体調不良じゃ色々不便してんじゃねぇか？」

「いや、そう言われても……僕、住所も知らないし」

「タワマンだろ？」

「何部屋あると思ってるんだよ。部屋番号って意味」

「それもそうか。入口で叫ぶわけにもいかないしな」

「それに、タワマン住みってのも噂だろ。もしかしたら、全然別のところに住んでるって可能性だってある」

「そりゃそうだ」

確実に住所を知るなら、先輩に直接聞くか、あとは……顧問の戸田《とだ》先生に問い合わせるって手があるか。

ただ、直接聞くのは、ただでさえ体調不良の先輩に余計な気を遣わせることになる。

戸田先生はうちのクラスの国語も受け持っている女性教師だ。

顔を合わせる機会の多い分信頼できる先生だけれど、そう簡単に教えてはくれないだろう。

個人情報保護とかあるし、ましてや相手が鏑木先輩ほどの大物なら、下手に外に漏れれば悪用される危険もある。

（……って、明らかに行けない言い訳を考えちゃってるよな）

正直、いくら心配だからといって、突然家に押しかけるなんて、一線を越えているんじゃないかとも思う。

けれど、これまで鏑木先輩は皆勤賞だったのに、突然今日休んだ。

つい考えてしまう。先輩と出会って、文芸部で一緒に過ごすようになって……知らないうちに、彼女に負担を掛けてしまっていたんじゃないかって。

先輩の人生を、僕が乱してしまったんじゃないかって――。

「あたしさー、去年の丑の日、人生で初めて超高級ウナギ食べたんだよね～」

「……は？」

流れも何もかも無視して、突然コバヤシが喋り始めた。

「いきなり、なに？　ウナギ？」

「超！　高っ級！　ウナギね。スーパーで売ってるウナギとは、ケタが一つ違うんだから！」

「あー、そうだな。で、なんだよ、お前。いきなり話ぶった切って」

どうやら晃も困惑しているらしい。まぁ、コバヤシが唐突でいきなりで意味不明なのはいつものことだけれど。

「うちのおとんが、高校受験の景気づけだーって言って奮発したんよ。そもそもウナギ自体めったに食べないんだけど、ケタ一つ違う超高級ウナギだからさぁ。おかんが雑に焼いても、そりゃあもうプリップリで、めちゃんこ美味いわけ！」

「はあ」

「でさー、ウナギって栄養すごいっていうじゃん？　カツリョクが？　バリバリ？　的な？　みたいな？」

「ふーん……」

「んで、あたしもこれで勉強頑張るぞー！　って、まぁまぁやる気になったわけ。でもさー、次の日になったらなんか頭くらくらして。体調不良ってやつ？　ウナギが体に良すぎて、でも体はそんなの慣れてないから、逆に具合悪くなっちゃったんだろうなーって思ったとか、思わなかったとか」

話が見えず、僕と晃は思わず顔を見合わす。

けれどコバヤシはいつもの調子で、人差し指を立て、チッチッチッと得意げに舌を鳴らした。

「だからさ、モンキチがパイセンと一緒に過ごすようになったからって、それが悪い影響を与えたとは限らないんじゃねってハナシ」

「……え？」

「さっき、モンキチそんな顔してたじゃん。『ああ、僕が鏑木先輩と一緒に過ごすようになったから、余計な気苦労させてたんじゃないか。それが先輩の具合を損ねる原因になってしまったんじゃないか』って感じの顔」

なんか、すごく当たってる！

「だからそんなことないんじゃねって、このカワイイカワイイ大林涼子ちゃんが優し～くフォローしてあげたってわけですよ。好きになってもいいぞ！　告白されても振るけどな！」

どやっと胸を張るコバヤシ。

そうか、彼女も彼女なりに気を遣ってくれたんだな……。

てっきりいつものコバヤシが発動したのかと疑って、悪いことをした。

「気遣ってくれてありがとな、コバヤシ」

「コバヤシじゃねーって！」

「そうだな、キヨバヤシ」

「大林よりでっかいからって認めると思うなよ!?」

「でも、正直ウナギのくだりはよく分かんなかった」

「マジか。あたしの引き出しの中じゃ、一番それっぽいエピソードトークだったのに」

こいつの引き出しどうなってんだ。

まぁ、まったく関連性が無いと言い切れるほど無いわけじゃないエピソードではあったけれど……いや、やっぱり分からない。

「しゃあない。そんじゃあネクストリョーコズヒントあげるかぁ」

コバヤシはそう言うと、メモ帳を取り出し、数字を四桁書いて千切る。

「ほい」

「何これ……え、スマホの暗証番号?」

「ちゃうちゃう。例のあの人パイセンの部屋番号」

「「えっ!?」」

傍観を決め込んでいた晃共々、驚く。

どうして鏑木先輩の部屋番号が、コバヤシから出てくるんだ!?

「ほら、あたし、あれやっててんじゃん?」

「クスリ……?」

「やっとるかい! あたしといったらアレよ。Food delivery」

無駄にネイティブっぽい発音。

「こないだの休みに駅の近くで稼ぎ回ってたんだけどさ、たまたまパイセンからご依頼が入ってね。フフフン、こんなこともあろうかと、バッチシ覚えといたわけ!」

「やるじゃねぇか、キョバ! でも、業務で知り得た内容を横流しってマズいんじゃねぇの?」

「知り合い同士なんだしいいっしょ。非常事態ってことで」

「いや、でも……」

「向こうだってモンキチの電話番号勝手に知ってたんでそ? おあいこおあいこ」

「そういう問題!?」

「モンキチ。あんたさ、そうやって尻込みしながらも、パイセンのこと心配なんでしょ? 気になるんでしょ?」

「う……」

「だったら、これ以上何を迷うことあんのさ」

「そうだぜ、友樹」

コバヤシはニヤッと笑う。それに晃も。

傍観者として焚きつけて、勝手に楽しんでいるんだ。

僕があの鏑木美春の家に突然押しかけてどうするのか……その結果を知りたがっている。

「……分かったよ」

上等だ。オモチャにされてたって、別に良い。

これだけお膳立てされて、自分がどうしたいかも分かっていて、何もしないなんて、無い。

「それじゃあ、お見舞い行ってくる」

「情報提供の対価として、結果ホーコクはちゃんとよろしくぅ」

「分かってるよ。ありがとな、コバ……いや」

癖で出かけたいつものあだ名をすんでの所で抑え込む。

今、この場では、もっと相応しい呼び名がある。

「ありがとう……サルバヤシ」

「ふぁっ!? ここは普通に『大林（イケボ）』って呼ぶパターンじゃん！　なんで猿ぅ!?」

「いや、自分だけ猿化できなくて寂しそうだったから」

「なんにも寂しくないいんだが!?」

「でも、前よりなんとなく、オオバヤシに近づいた感じしない？」

「ん？　確かに……って、文字数だけだろ！　納得するわけないいんだが!?」

「くくっ、お似合いだぜ、サルバヤシ」

「ていうかサルバヤシってストレートすぎない!?　それもう、ただの猿が住んでる林じゃん！」

「そう言われても。だってモンキーと日光は使用済みだし」

「猿の関連ワードって他にないんかよ！　……なかったたっけ？」

「いや、俺に聞くな。これはお前の始めた物語だろ」

さっきの、少しシリアスな空気はすっかり霧散し、いつもの三人の空気に戻る。

騒がしく、気が抜けず、決して他じゃ得られない栄養が摂取できる、そんな空気に。

「つーかそもそも、ニッコーってなにさ！　なんか一人だけストレートに猿っぽくないじゃん！　ズルくない!?」

「そのあだ名つけてきたのお前だろ」

「でも、実は僕もちょっと思ってた」

「友樹!?」

「モンキチからも同意を得られたので……決めた！　お前のあだ名は、ウキラだ！」

「まさかの猿の鳴き声から!?」

なるほど。猿はウキーって鳴くもんな。

関連ワードを使い切ったと思ったところからの、一歩。

さすがコバ……いや、サルバヤシ。

「ちなみに、ウキーラでも可！」

「勝手に可にすんな!?」

「諦めろ、晃……じゃなくて、ウキらめろ、ウキーラ」

「なんで『諦めろ』まで猿化してんだよ!?」

そうこうして、騒がしく昼休みが過ぎていく。

ちなみに、この会話の一部（猿周り）はクラスメート達にも漏れ聞こえていたようで、僕らはクラス公認で『モンキチ（くん）』、『ウキーラ（くん）』『サル（さん・ちゃん）』のお猿三人衆として親しまれることになってしまった。

まぁ、あれだけ大騒ぎすればクラスメート達に聞かれていてもしかたがない。

先輩絡みの話は、プライバシーに配慮して小声になっていた分漏れていなかったみたいなので、それは不幸中の幸いだったとして喜ぼう。

「いや、あたし、しれっとただのサル扱いされてるんだが!?」

……不幸中の幸いだったとして喜ぼう。

◇◇◇

モンキチという不名誉なあだ名と、先輩の住所を入手した、その日の放課後。

僕は学校から直接、先輩が住むタワーマンションに赴いていた。

「たっか……」

何度か遠目から眺めたことはあるけれど、近くから見上げると、余計に大きく感じた。今にも倒れてきそうだ。

サルから聞いた部屋番号は26から始まる四桁。ということは、鏑木先輩は26階の高層階で独り暮らしをしているということになる。なんとゴージャスな。気圧とか大丈夫なんだろうか。

当然凄いのは高さだけじゃない。道路からマンションまで続く車寄せは広く、まるで高級ホテルみたいだ。

おかげでエントランスまで距離があり、歩いているだけで不審者扱いされそう。ただでさえアポ無し訪問なわけだし。

（平常心、平常心……）

自分にそう言い聞かせ、最初の自動ドアを潜る。中には来客者の一挙手一投足を見逃すまいと目を光らせる複数台の防犯カメラと、よくあるインターフォン付き電子オートロックがあった。

なんか、こう思うのも変だと思うけれど……落ち着く。中に入ってしまえば、普通のマンションっぽくて。

（って、ここで休んでたらそれこそ不審者だと思われそうだ）

一息つきたいところだけれど、僕は気を引き締め、オートロックの機械にサルバヤシから聞いた部屋番号を入力し、呼び出した。

（……いや、待てよ？　あいつのことだ。嘘吐いてるって可能性も……）

サルが趣味でフードデリバリーのバイトをしているのは、僕もウキーラも知っている話。けれど、そのお客さんとして鏑木先輩んちに届けるなんて、偶然にしたってできすぎだ。あいつが話してくるタイミングとしても良すぎるし……。

なんだか急に不安になってきた！　もしも全く関係無い人の部屋（しかもタワマン高層階住み）を呼び出しちゃってたらどうしよう!?

『はい……』

出た！

「あ、あの……えっと……」

『ふぇっ!?　な、なんでキミが――おあッ!?』

ズデン、と転ぶ音。ぐちゃあ、と何かが潰れる音。ふあ、わ、あ、と焦りに焦った声。

あまりにコミカルで、間抜けだけれど……声色からして、間違いなく鏑木先輩その人だ！

疑ってごめん、サル！

「大丈夫ですか!?」

『だ、だいじょぶ、だいじょぶ……そ、それで、どうして友樹くんがここに……？』

「先輩が学校を休まれたというので、その……お見舞いに」

『あ……そっか、心配掛けちゃったんだね』

自嘲するような声……僕を責める感じじゃなかったので少しホッとしつつも、やっぱり心配になる。

『って、ごめん。そこ、すぐ開けるね』

先輩がそう言うと、中に入る自動ドアが開いた。

えと……これは、部屋に上がって良いってこと？

良いってこと、だよね!?

自動ドアを潜り、そのまま目の前のエレベーターホールに進む。

噂によると、低層階には住人だけが使えるラウンジだったり、スポーツジムが入っているらしいけれど……若干気になる気もしつつ、エレベーターに乗り込み、全てをスルーして26階のボタンを押す。

さすがに26階まで上がるとなると、長く感じる。当然緊張だって増していく。階についた時には、「僕、本当にあの鏑木美春先輩の家に上がるのか……!?」と、心臓がバクンバクン騒いでいた。

「いや、本当にホテルみたいだな……」

各部屋に繋がる共用の廊下もよく手入れがされていて、その豪華さに驚いてしまう。いや、驚いてばかりだな、僕。へぇ、各階にゴミ捨て場があるんだ。便利～。

……なんて、言ってしまえば見所はそれくらい。

緊張を紛らわせるためにも、色々見て回りたかったけれど、一分もしない内に、先輩の部屋の前まで来てしまった。

ここまで来たらなるようになれだ。

ごくり、と喉を鳴らしつつ、インターフォンに手を伸ばし、チャイムを鳴らす。

「わっ！　ぎゃあっ!?」

「え⁉」

部屋の中から確かに悲鳴が聞こえた⁉

ドア越しだけれど、確かに鏑木先輩の声だったような……？

『ちょ、ちょっと待って！　あと5……いや、10分‼』

「あ、はい……」

今度はインターフォン越しに、確かに先輩の声でそう聞こえた。

急に押しかけた手前、先輩にも準備とか、隠すものとかあるだろうと、大人しく従う。

とりあえず待っている間、本でも読もうと廊下の壁に背を預けたのだけど……。

——わっ⁉

——うっ、なんでっ⁉

——もう、なるようになれっ！

なんだか、ドアの向こうから薄らと、先輩が叫び暴れる声が聞こえるような、聞こえないような……？

こういうタワーマンションは防音もしっかりしていると聞くけれど、それでも音や声が聞こえてくるのは、それほどに大きな音を立てているか、それかドアの近くで何か作業をしているのか。

（どちらにしろ、何か良いことが起こっている感じじゃないよな……？）

正直、本を読むどころじゃなくて、僕はじっと立ち尽くす。

体調不良と聞いていたし、大人しくしていた方がいいんじゃと思うんだけど……どこか鬼気迫る雰囲気に、口を挟むべきか迷ってしまう。

そうこうしている内に――。

「ま、待たせてごめん……お、お待たせ」

ゆっくりとドアが開き、その隙間から先輩がおずおずと顔を見せた。

「あの……すみません、突然押しかけて」

「う、ううん。それは大丈夫……ていうか、どうぞ上がって……」

なんか、すごく疲れてる!?

「先輩、もしもお邪魔でしたら……」

「邪魔なんかじゃないよ、全然！」

「そうですか……？」

先輩は首をぶんぶんと横に振って否定する。

帰って欲しい感じじゃないし……ここまで来た手前、遠慮するのも違うか。

「それじゃあ、失礼します」

「……うん」

僕が床に置いていた鞄を持ったのを見て、先輩が半開きだったドアを全開にしてくれた。

おかげで、ようやく先輩の全身が見えた、のだけど……。

「あ………」

その姿を見て、僕は固まってしまった。

以前、休日に偶然出会った先輩は、可愛らしい服装を披露しつつ、これはあくまで変装で自分に似合う格好じゃないと言っていた。

僕は内心、それでもメチャクチャ似合っていると思っていたし、今もそれは変わらない。けれど、先輩の言葉もまた、過言では無かったと思い知らされた。

「友樹くん？」

先輩は、レースシャツにロングパンツを合わせていた。

整ったスタイルが浮き彫りになっていて、スラッとした長い脚が強調されている。

僕はファッションには疎いし、女性のなんて尚更だけど……でも、これが先輩に似合っているってことだけはすぐに分かった。

たった一つしか年が違わないはずの鏑木先輩。

けれど、このタワーマンションというシチュエーションが合わさってか、なんだか凄く大人っぽく見えて、とんでもなく美人で、ただただカッコよくて……ドキドキすると同時に、神々しさみたいなものまで──

「友樹くんっ！」

「はっ!?」

先輩の声で、我に返る。

完全に意識がどこかへ行きかけていた……！

「す、すみません。凄く、その……お洋服、似合っていたので」

「え？　あ……ありがと……」

僕の、我ながら素直すぎた感想に、先輩は一瞬面食らって……視線を逸らす。

もじもじとして、照れた感じで……そんな先輩を見ているとこちらもどうしていいか分からなくて……どこか気まずい空気が流れる。

「と、とにかく、どうぞ！」

「はっ、はい！　失礼します……」

こうして、二度目の「失礼します」を口にし、僕はようやく先輩の家に上がらせてもらうのだった。

◇◇◇

タワーマンション、というか、そもそもこれほどの高層ビルに登った経験は一度も無かった。

リビングに入った瞬間、目に飛び込んできたのは、清々しい青空だった。

決して天井が抜けていたからとかじゃなくて、抜けていたのは壁。

壁一面が、ガラス張りになっていたのだ。

「すご……」

26階にもなれば、視界を遮るものもそうそう存在しない。

思わず近づき見下ろすと、駅前の町並みが一望できて、そのずっと向こうには自然豊かな山々まで見えてくる。

「気持ちいいだろう？　正直、ここまで高いと不便も多い。けれど、この景色は他に代えがたい、高層マンションだからこその誇れるポイントだね。雨の時は……あまり良くないけど」

「確かにこうも窓が大きいと、雷の時とかビカビカ光って落ち着かなそうですね」

「ふふん」

待ってました、と言わんばかりに得意げに笑う先輩。

「雷はね、それはそれで中々壮観だよ。世界の支配者になった気分になれる」

「し、支配者？」

「それはちょっと大げさかも。でも、そうだな……ぜひ今度、雷の日にでも遊びにおいでよ」

「あはは……前向きに検討しておきます」

天気が悪い時にわざわざ来るのは、お互い色々大変だろう。

少し興味はあるものの、中々実現は難しそうだ。

「あっ、そうだ。先輩、これ、お見舞いにと買ってきました」

「お見舞い？　あ、あぁ……そうか」

「水とスポーツドリンク、ゼリーとかヨーグルトとか、色々。手当たり次第ですけど」

「ありがとう……でも、ごめん」

先輩は気まずげに頭を下げた。

「確かに学校には体調不良と連絡したのだけど……実のところ体調はあまり問題無くてね」

「そうだったんですか⁉」

「まあ、考え事が行きすぎて、変に徹夜しちゃったせいで寝不足っていうのはあるけれど……あっ、でも買ってきてくれたのは嬉しいよ！　こう高いところに住んでいると、一々コンビニに行くのも億劫になってしまって。キミの優しさに甘えさせてもらってもいいかな」

「も、もちろんです。これは先輩のために買ったものですから。ぜひもらってください」

優しさに甘える、なんて言い方は大げさだけれど、突っぱねられても困るので、受け取ってもらう。

これで、いつかのファミレスや本の分は返せただろうか。

「ああ、どうぞ好きにくつろいで。お茶でも持ってくるから」

「あ、おかまいなく」

「おかまうよ。お客様だもの」

そう笑い、先輩は僕の渡したコンビニ袋を持ってキッチンの方へ引っ込んでいく。

まぁ、引っ込むと言っても、この部屋はオープンキッチンで、今いるリビングと繋がっている。

当然、お茶を用意してくれる先輩の姿も見えているけれど……じっと観察するのも失礼な気がして、僕はダイニングチェアに腰掛けつつ、窓の外を眺めることにした。

「お待たせ。はい、どうぞ」

「ありがとうございます」

「ただの、ペットボトルのやつだけどね」

透明なグラスに注がれた麦茶をダイニングテーブルに二つ置き、先輩が向かいに座る。

「お気に召したようで何よりだよ」

「え？」

「この部屋から見える景色のこと」

「あ、ああ……そうですね。なんだか新鮮で……でもちょっと落ち着かないかも」

「すぐに慣れるよ。良い意味でも、悪い意味でも」

先輩はそう言い、少し疲れたように溜息を吐いた。

正直、慣れられる気はしないけれど……でも先輩はここにずっと住んでいるんだ。

とっくにそういう境地に達していてもおかしくはない。

「先輩は、ここで独り暮らししているんでしたっけ」

「うん。高校に入学した時からだから、一年以上経ったかな」

「なんだか、凄いですね」

「私は全然凄くないよ。この部屋の持ち主は祖父なんだ。私の入学祝いと小説で賞を取った記念を兼ねて、プレゼントしてくれたものなんだ。だから、凄いのは祖父さ」

「いや、先輩も十分凄いじゃないですか。なんかスケールが大きすぎて、僕には全然イメージできないというか……」

「そんな褒められたものじゃないよ、本当に……」

そう呟きつつ、自嘲する先輩。

ここに来た時から思っていたけれど、今日はどこか元気が無い。

体調は悪くないと言いつつも、普段より弱っているのは明らかだ。

「あ、そうだ。ケーキがあるんだ！　ちょっと待ってて！」

気まずい空気を払拭しようとするように、先輩はそう勢いよく立ち上がる。

そして、キッチンに駆け足で向かって――

「わあっ!?」

盛大にずっこけた!?

「先輩!?」

ガシャンっと音を立て、キッチン台の向こうに消えた先輩の後を、僕は慌てて追う。

「大丈夫ですか!?」

「あはは、大丈夫、大丈夫。丁度良い感じにクッションに……あ」

追ってきた僕を見て、先輩が目を見開き、顔を青くする。

もしかしたら僕も、同じような表情を浮かべていたかもしれない。

先輩ではなく、その向こうにあるものを見て。

「あの、先輩……それって……」

「こ、これは違うんだ！　その、ちょっと溜まっちゃっただけというか！」

僕が指さした「それ」を隠すように背中で庇いつつ、先輩は視線をせわしなく彷徨わせる。

先輩が隠そうとしていたのは、ゴミ袋だった。45Lサイズの透明なゴミ袋が、カップ麺や弁当の空き容器でパンパンに膨らんでいる。

これだけで先輩の食生活が気になるけれど……それ以上に目を引くのは、ゴミ袋の数だ。

一朝一夕ではとても溜まらない量のゴミが、リビングからは見えないように、キッチンに詰め込まれていた！

これがクッション代わりになって先輩を守ってくれたようだけど……いや、そもそも転んだのもこのゴミに足を取られたのが原因みたいだから、プラマイゼロ、むしろマイナスだ。

「……先輩」

「うっ!? そんな残念なものを見るような目はやめてくれっ！ こ、ここ最近、ゴミの日をうっかり逃しちゃうことが多かった……みたいな？ そう！ 偶然っ！ これは偶々、不幸が積み重なっただけなんだ！」

「エレベーターを降りたところに24時間使用可能なゴミ捨て場がありましたけど。ゴミの日なんて無いですよね」

「ぐうっ!? でも、一々部屋の外に出て、鍵締めて、ゴミ出して、また鍵開けてってのが面倒というか……」

「鍵開け締めなんてカードキーで一瞬ですし、面倒は言い訳にならないのでは？」

「ぐぐ……なんて真っ当な正論をっ！」

涙目になって頭を抱える先輩。別に責めるつもりはなかったのだけど……なんだか、既視感がある。

この大量に積まれたゴミ袋。さっきの「出すのが面倒だった」という発言。

（もしかして……）

キッチンから出て、リビングに戻る。

ダイニングテーブルとチェア。ソファとテレビ。目立つ家具はそれくらいか。広いけれどちょっと殺風景であまり生活感がない。となると……。

「と、友樹くん？」

リビングを見回すと、別の部屋に繋がるドアがあった。

妙な気配を感じる……というか、僕のこれまでの人生経験が、間違いないと囁いてくる。

「あっ！　そ、そこは……ま、待って!?」

ドアを開けると、そこには……空になったペットボトルや、しわくちゃになった衣服、雑誌や紙類、空のコンビニ袋、エトセトラエトセトラ……さすがに弁当の空き容器のような生ゴミは無いものの、大量の物が足の踏み場もないくらい乱雑に積み上げられていた。

「こ、これは……」

「みーたーなー!?」

「わっ、先輩!?　って……あ、すみません！　僕、勝手に先輩の部屋……！」

「謝って済むなら警察はいらないんだよっ!?」

ついうっかり、思わず。

キッチンの惨状を見て、「こりゃ間違いなく何かを隠しているな？」と気が付いた僕は、ここが鏑木先輩の家だということも忘れて、隠された謎を暴くのに夢中になってしまっていた。

そういえば、先輩が制止する声も聞こえてきていたような、聞こえていなかったような……？

「女の子の独り暮らしの部屋を、勝手に好き勝手漁るなんて……！　キミってそういうところがあったんだな、昔から！」

「すみません！　すみません！　ちょっと変なモード入っちゃって！」

僕は全身から血の気が引いていくのを感じながら、全身全霊の土下座を繰り出した！

「その、言い訳になっちゃうんですが……うちの妹が、ダラダラして部屋の掃除をしないとか脱いだ洗濯物を出してこないってことが結構あって、こんな感じに無理やりでも踏み込まないと観念しないから……」

うちの妹は、わりとだらしない。外面が良い分、うちではその反動が出ているのかもしれないけれど。

両親は共働きで、特に麻奈果が生まれてからは忙しさに余計拍車がかかるようになった。

僕はたった二つしか年が違わないけれど、妹に比べるとまだ余裕があって、親代わりじゃないけれど、甘え盛りの彼女を世話してやることも多かった。

そのおかげか、末っ子らしく、兄にはどれだけ迷惑を掛けてもいい、みたいに思っているところが結構あって……それが余計に、両親の負担を減らすため家事をしなくちゃいけない僕に降りかかってきている。

その癖が染みついてしまったせいで、キッチンの惨状や、何か隠しているような雰囲気が無視できなくて……。

「それで、そのスイッチが入ってしまったと？」

「なんか隠蔽の跡を見つけると気になっちゃうというか……本当にすみませんっ!!」

自分で言っていて、何の理由にもなっていない。

妹にするような行動を、家族じゃない目上の先輩にするとか……武士の時代なら100％打ち首だ！　今の僕には、ただただ額をフローリングに擦りつけることしかできない。

「うう……！」

「先輩!?」

突然、先輩が膝をついて崩れ落ちた！

「実感が追いついてきた。全て終わってしまったという実感が……！」

「終わったって、なにがですか……？」

「私の、カッコいい先輩としての威厳あるイメージがだよぅ！」

「先輩は今でもカッコいいし、威厳もあると思いますが……」

「そ、そう……？　って、いや、こんな惨状見せつけて、崩れない威厳なんてこの世に存在しないよ!?」

いや、たとえゴミ屋敷に住んでいたとしても、鏑木先輩はカッコいいし威厳に満ちあふれている。ちょっとやそっとで剥がれるメッキではなく、黄金そのものみたいな存在だから。

ただ、そう思う一方で、もしかしたら本当に威厳が崩れてきているんじゃないか……と思わなくもなかったりする。

それは、この一件が原因でという意味じゃなくて、出会ってから一緒に過ごしてきた日々の中で、僕が先輩の、遠くから見上げているだけでは分からない一面に気付けたからだと思う。

もちろん、それは僕にとっては良い意味で、親しみやすくなったということなんだけど……なんだかこれはこれで、あまりフォローになっていない気がする。

「どうせ、学校ではあんなにかっこつけてるのに、家じゃ家事もろくにできないポンコツ女だって、失望しているんだろう!?」

「い、いえ！　先輩の評価は変わらず今までどおりです！」

「それはそれで嫌だっ！　部屋がゴミだらけなのに変わらないって、元から良くないじゃん！」

なんとかフォローしようとしたのに、余計先輩の心を抉《えぐ》ってしまったらしい。

先輩はさらにぐでんと倒れ伏し、床に溶け落ちてしまいそうな勢いだ。

僕の土下座を抜いて沈んでしまっている……！

「これでもさぁ、多少なりとも頑張ってみたんだよ？　料理だって挑戦してみたけど、買い出しは面倒だし、料理はなぜかいつも黒焦げになるし、洗い物も面倒だし……」

面倒多いな……。

「洗濯物も干すの面倒だし、掃除も……面倒だし」

面倒多いな!?

言ってて、先輩自身も気になったんだろう。最後の面倒の前には微妙な間があった。

そして、これだけ面倒のオンパレードを見せられれば、さすがに僕も、問題無いですと白々しいお世辞を言うのは抵抗を感じてしまう。

ただそれでも、鏑木先輩に関しては、別にいいんじゃないかなぁと、なんだか許せてしまう。

モデル超えの超美人。学校の成績は常に最上位。祖父からタワマン高層階の一室をプレゼントされるほどに家は大金持ち。彼女自身、中学生の時に賞を取ってデビューした現役バリバリの人気作家。

そんな嘘みたいに全てを持った超人なのだ。欠点なんて、いくらあっても汚点にはならない。

限度こそあれ、この程度なら親しみやすさとか可愛げに変換されるだろう。

「うう……私はごみくずだ。キミに見限られて、ここでゴミの山に埋もれて死んでいくんだぁ……」

「いや、さすがに沈みすぎでは!?」

「沈みすぎなもんか！　沈んでも沈んでも足りないよっ!!」

もしかしたら、先輩は完璧すぎるが故に、自分のちょっとした欠点さえも、人に見せるのはとてつもなく恥ずかしく感じてしまうのかもしれない。

でも……いや、だったら、僕がやれるのはただひとつだけだ。

「先輩、あの山から、下着とか、見られたくないものだけ隠しておいてもらえませんか」

「……え？」

「その間に僕はキッチンのゴミ袋を出してくるので。……あっ、カードキー、一旦お借りしていいですか？」

「え？　あ、うん……え？」

突然のお願いに、困惑する先輩。でもカードキーは貸してくれた。

今は、一々説明するより、動いてもらった方が早い。

「それじゃあ、よろしくお願いします！」

「ええと……わ、分かりました！」

駆け足でキッチンに向かう僕に、先輩は跳ねるように立ち上がりつつ、ビシっと敬礼を返してきた。

◇◇◇

それから十数分後。とりあえず、キッチンに押し込まれていた大量のゴミ袋は全て、同階のゴミ捨て場へ置き終えた。

そして、リビングへと戻ると――

「お勤めご苦労様でした」

「……なぜ三つ指ついてるんです？」

「友樹くんへの感謝と、手を煩わせてしまったことへの自己嫌悪で」

「いや、謙《へりくだ》るにもほどがあると思うんですが……」

やはり感情の起伏の激しさに驚きつつ、今はそういうノリなんだろうな、と自分を納得させる。

「それで、隔離はすみましたか」

「はいっ！　と、それで友樹くん。なぜ、下着などをピックアップするよう言われたかを考えてみたんだけど……」

鏑木先輩は、くわっと両目を見開いた。

「もしや、集めた下着をまるごと奪って、アレやコレやするつもりでは!?」

「違います」

平静、大事。我が心、鉄の如し。

ここでもしも、「し、しししししし、下着でアレやコレやァ!?」なんて迫真のリアクションを取っていたら、僕はチャイムを鳴らして堂々と正面から入ってきた、ただの下着泥棒に認定されていただろう。

そして僕は社会的に死ぬことになる……えん罪回避、大事。

「で、でも……もしも友樹くんが本気で望むなら……」

「望まないです」

「ああ……でも、もしも下着を全て渡してしまったら、私は明日から何をつければ……はっ!?　まさか、それを狙って!?」

「……狙ってないですし、渡さなくていいです」

「そういえば、今つけてる下着はどうしたらいいんだろう。やっぱり必要？　だったら、今ここで脱ぐけれど……」

「………ヒツヨウナイデス」

もう、なんなのコイツ!?（敬称略）

めっちゃ押してくるじゃん！　めっちゃ追撃ぶち込んでくるじゃん!?

雨だれ石を穿つ、って言葉がある。ぽたぽた落ちる水も、何度も何度も落ちれば石に穴開けるよねって感じの言葉。

鏑木先輩の追撃は一発一発がダイナマイト級だ。石だろうが鉄だろうが、容赦なく木っ端みじんにしようと襲いかかってくる。

僕はそれも鉄、いや、鋼の意志でなんとかギリギリはねのけられているけれど……正直原形を保てている自信はない。

そんなに僕を社会的に殺したいのか、この人は！

「あの、先輩」

「は、はいっ!?　や、やっぱり……」

「何もやっぱりじゃありません。下着などを隔離してもらったのは、今から先輩の部屋を掃除させていただこうと思ったからです」

「ふぁ!?」

「先輩の気持ちが滅入っているのは、きっと部屋がぐちゃぐちゃに汚れているからです。なので、掃除をすれば気持ちが良くなるはずです！」

「な、なるほど!?」

「僕は普段から家や、特に妹の部屋の掃除もさせられ……してますし、慣れてますから任せてください。というわけで……失礼しますっ!」

僕はお見舞いにと買っておいたマスクと、キッチンからくすねたビニール手袋を装備し、ゴミ袋片手に先輩の部屋に突撃した!

失礼は今更。たとえこれ以上重ねて、先輩からの評価が地中深くまで落ちたとしても、必ず部屋を綺麗にし先輩を立ち直らせるというミッションだけは果たしてみせる。

そして僕は、二階級特進。

鏑木美春を生き返らせた陰の功労者として、後世に語り継がれるだろう。

「わわっ!? 待って! まだ隠してなきゃいけないものがあるかもしれないからーっ!!」

そう叫びつつ追ってくる先輩。しかし、我が心は既に鉄を超えて鋼と化した。

今やこの日宮友樹は、誰よりも掃除を愛し、ほどほどに掃除に愛された、感情無き哀れな清掃マシーンと化したのだっ!!

「まずは分かりやすいゴミから集めて……ふぁっ!?」

空のペットボトルを拾い上げた際、うっかり脱ぎ捨てられたTシャツも掴んでしまった。

ちょっと皺のついた、けれど心なしか生温かな熱が残っていて、さらにこれも心なしか、湿り気を感じるような……?

「あ、それ、昨日の寝間着……」

「ブッ!?」

僕の『鋼』にピシィっとヒビが入る音がした。

それはある意味、何日も放置された下着より生々しい遺物だった。

この熱は先輩の熱。この湿り気は先輩の、汗!?

「っっっ……そぉいッ!!」

僕は理性を振り絞り……いや、理性寄りの本能をフル動員し、Tシャツをまだ何も入っていない新しいゴミ袋にぶち込んだ。

「ああっ!?　捨てちゃうの!?　結構お気に入りなのに……」

「い、いえ。洗い物はこれに纏めて、後で一気に洗濯します。衣服とか、勝手に捨てたりはさすがにマズいと思うので」

「なるほど、了解！　……うびゃっ!?」

ビシッと敬礼し、自分でも仕分けを手伝おうとしたのだろう。

先輩は意気揚々と一歩踏み出し……つるっと足を滑らして尻餅をついた。

「いたた……」

「……あの、僕、鏑木先輩は運動神経も抜群と聞いたのですが……」

「う、運動は得意だよ？　手前味噌だけど、足も速いし、球技だってみんなから頼りにさ

れてる自負はある」

涙目でおしりを擦《さす》りながら言われても、あまり説得力が無い。

「そ、そんな可哀想なものを見る目を向けないでくれっ！　作家という生き物は、自宅では運動能力が著しく低下するデバフがかかるという都市伝説があってだね!?」

「はぁ」

「つまり、分かりやすく言うと……そう！　おこた！」

「おこた？」

「冬におこたに入ると、眠たくなって、外に出る気が一切失せるだろう？　それが私にとってのお家なんだ！」

「なるほど。だからゴミを集めていると……猫みたいな感じで」

「集めてるんじゃない……発生してしまうんだ、不可抗力でぇ……！」

そんな雑談を挟みつつ、順調に衣服とペットボトルを片付けていく。

そしてそれらを全てどかし終えると、それだけで随分すっきりして見えた。

後はところどころ散らばった本と、ある意味床以上にぐちゃっとなったデスクの上を片付ければ完璧だけれど……。

「先輩、あれらはどうしますか？」

「どうする、とは？」

「いや、なにか本の並べ方とか、机の配置とか、拘りでもあるんじゃないかと」

「ないよ。なにも」

あっさり言うなぁ。

天才の人って、常人には分からない配置とかの拘りがあるって勝手に思っていたけれど。

「なんたって、どうせ勝手に汚れていくからね！　知らないうちに配置が変わっていても、気付かない自信がある！」

「汚している、の間違いでは？」

「不可抗力なんだよぉ……私の意思とは関係無く汚れてしまうんだ……」

「部室はわりと綺麗ですよね」

「それは私も不思議に思ってる！」

「いや、なんでドヤ顔してるんですか。全然誇れないですよ」

「綺麗なのは事実だからね！」

まぁ、学校の敷地内は校務員さんが掃除してくれているだろうし、案外人の目を気にしがちな先輩なら、無意識ながら綺麗に使うよう心がけているのだろう。

むしろ普段周囲から受けている期待による重圧が、家でのだらしなさに繋がっていると思えば、責める気は無いどころか、家の中くらい自由に、しがらみやらなんやらから解放されて欲しいと思うのだけど。

「とにかく、こんな状況に立ち会ったのも何かの縁です。今日はできる限り、掃除させていただきます。こういうのは慣れているので」

「う、うん。すごく助かるよ！　すごく……」

そもそもここに来た理由は、先輩のお見舞いだったはずなんだけど……不思議な状況になったものだ。

そう思いつつ、粛々と掃除を進めていく。先輩も部屋の主《あるじ》として、ただ見守るのではなく、手伝ってくれるとのこと。

掃除に必要な道具は既に殆ど部屋に揃っていた。

先輩曰く、「独り暮らしを始めて、家事を頑張ろうと思っていた頃に買ったもの」とのこと。つまり、約一年前の品々……。

幸い、消費期限なども無いので、ありがたく使わせてもらいつつ、先輩の書斎、リビング、キッチン――駆け足ながら、できる限り丁寧を心がけつつ、隅々まで綺麗にしていく。

もちろん、決して完璧に、順調にはいかない。

僕は別にプロの主夫とかじゃないし、鏑木先輩の家事スキルも汚部屋を作り上げてしまう程度には頼りない。

半分くらい溜まったゴミ袋を先輩がうっかり蹴っ飛ばしてやり直しになる、みたいに後退することも何度かあって、時間は随分とかかってしまったけれど……意外に短く、そして何より楽しく感じた。

(普段の掃除だとこうはならないんだけどな……)

理由はもちろん、隣に鏑木先輩がいるからだ。

普段はともかく、この掃除の最中においては、僕らは平等だった。

前を歩く先輩の背中を見て感じる気後れも、今はない。

先輩から褒められると素直に嬉しく、失敗して子どもっぽく落ち込む先輩は可笑しい。

だから、いつもは仕事とか、義務とか、役目とか……そういう言葉が頭につく掃除っていう作業も、子どもの頃友達とやったボール遊びみたいに、いつまでも、日が暮れたってできるって、そう思ったんだ。


「……本当に日が暮れるなんて」

一段落ついた時、既に外は真っ暗になっていた。

途中から、気が散るからという理由で、窓にロールカーテンを下ろしてしまっていたのが原因……いや、時計をろくに見ていなかったのが悪いか。

時刻は21時。晩ご飯を食べるにも遅めの時間になってしまっていた。

先輩の家を訪ねると決めた時点で、家族には帰りが遅くなるかもと連絡していたけれど……さすがに遅すぎるよなぁ、これは。

「はぁ～……こんなに床がピッカピカになるなんて。引っ越してきた時以来かも～」

「一通りウェットシートで拭いたくらいなので、全然ですよ。ムラもあるし……本当だったら、休日一日使ってやるような量ですから」

丁寧を心がけても、駆け足だった分、完璧とは言いがたい。

それでも、こうして落ち着いてみると、どっと疲労が押し寄せてきて……一緒に妙な達成感も覚えた。

正直、僕も先輩に倣って脱力し、床に寝転がりたい気分だけれど、さすがに人んちですする度胸はない。

さっさとお暇《いとま》して、僕も家で寝よう——。

「あっ、友樹くん！　見て！」

「はい？」

先輩に促され、窓の方へ目を向ける。

ロールカーテンを上げたおかげで、綺麗な夜景が一望でき……いやっ、え!?

「めっちゃ雨降ってる!?」

「ゲリラ豪雨かな。確か朝の天気予報じゃ曇りのはずだったけど」

「いや……今調べたら変わってます。明け方までこの調子で降り続けるって」

天気予報が大きく外れることはたまにあるけれど、今日に限って外れなくてもいいのに！　もう外は真っ暗で、しかも雨に降られて帰ることになるなんて、落ち込む……。

「あ、見て。雷。有言実行になっちゃったね」

「ああ……」

——ぜひ今度、雷の日にでも遊びにおいでよ。

この部屋に来たばかりの時に言われた言葉が、早速叶ってしまった。全然嬉しくないけれど。

ただ、確かにこの高さから見る雷は幻想的だった。ああ、帰るの面倒くさいなぁ。せめてもっと早く雨にも雷にも気が付けていれば良かったのに。いきなり降り出したのか、それとも掃除に集中しすぎて気付けなかったのか……いや、後から考えても仕方ないけどさ。

「そうだ。ねぇ、友樹くん」

「はい……？」

「もうこんな時間だし、この雨じゃ歩いて帰るのは危ないし……良かったら、このまま泊まっていかないかい？」

「え？　…………えええっ!?」

先輩の発言があまりに突飛すぎて、一瞬理解できなかった。

泊まればって誘ってきたのか？　先輩が？　独り暮らしなのに!?

「い、いや、でも……！」

「友樹くんも掃除してくれて疲れてるでしょ？　それなのに暗くて、しかもこの雨の中帰らせるなんて忍びないよ」

「いや、でも、ここから駅まで歩いて、それからは電車ですし、最寄り駅からも10分程度で着きますから……」

「十分大変な距離じゃない。明日は学校も休みだし、見ての通り、広さだけは自慢の我が家だから、遠慮無く泊まって、ゆっくりしていってくれていいんだよ？」

「でも……僕、男子ですよ？」

「もちろん、知ってるさ。私にとって、キミは誰よりも男の子だよ」

当然のように先輩は言い切る。警戒心のかけらもない。

ただそれならもっと警戒してくれてもいいんじゃないだろうか。自分が情けなくなるより、他の人にもこういうことをするんじゃないか心配になる。

「でも、ただで泊まるのに抵抗があるなら……そうだっ！　晩ご飯、作ってくれると嬉しいな！　こんな天気じゃ出前呼ぶのも悪いでしょ？」

「あー……」

どうやら、便利な家政婦延長戦ということらしい。

そういうことなら多少は納得もできるか……。にしても先輩といい妹といい、僕の料理になんでそんなに期待するのだろうか。

「キミだって、こんな中帰るのはしんどくて嫌だろう？」

「そりゃあまあ……」

「じゃあ決まり！」

先輩は笑みを浮かべ、パンッと手を叩く。

「親御さんへの連絡は任せて！　私が先輩として、きっちりご挨拶させていただくから！」

「え、いや、それは自分でやりますけど⁉」

スマホを取り出す先輩を慌てて制止する。

電話番号は知らないはず……なんて常識は、鏑木先輩には通用しない。

彼女は僕のスマホの番号さえ知っていたのだから、自宅の番号くらい押さえていても、不思議だけれど不思議じゃない。

「ふっふっふっ！　ようやく取材用に買った寝袋くんが役に立つ時が来たな～♪」

そう言って、楽しげに書斎へと入っていく先輩。

ちなみに先輩の家には二つ部屋があって、一つは先ほどの書斎、もう一つは寝室になっている。

どちらも、リビングに散らばっていたものが詰め込まれていて、ベッドが置いてある以外見分けがつかなかったけれど。

先輩の言っている寝袋は、掃除の中で収納の奥から見つけたものだ。先輩自身、「あ、こんなのあったなぁ」なんて驚いていた遺物中の遺物だ。

（てっきり、一緒のベッドで寝ようとか言われるかと思った……いや、確かに寝袋もあったし、ソファもあるし……って、完全に泊まる流れになってる！）

いきなり泊まるなんて悪いし、抵抗もある。

けれど、ここに来て今日一楽しげな先輩の笑顔を見せられると……強引に振り切って帰るなんて、僕にはできない。

せっかくの提案を無下にして、先輩の表情を曇らせてしまったら、今日一日が無駄になってしまう。

（大人しく連絡しとこう）

僕は顔が熱くなるのを感じつつも、母に友達の家に泊まるとメッセージを送る。

よく晃の家に泊まっているおかげで、母からは特に疑われることもなく、あっさり了承を得た。

ご迷惑をおかけしないように、とだけしっかり注意をされたけれど。

その10分後、なぜか妹から「お詫びのアイス、二本追加」と謎のメッセージが届いたのだけど……どうしていきなりお詫びなんて話になるのか、意味が分からない。

まぁ、これは無視でいいな。もしかしたらなりすましかもしれないし！

第七話　鏑木先輩と雨の夜

それから、雨はどんどん強くなってきていて、市内では大雨洪水警報が出されるまでに至っていた。

最初の天気予報で予期されていなかった状態から、これほどまで降るなんて、今日はかなり珍しい日だ。

コバヤシがいたら、「こんだけ予報ハズしてもいいなら、あたしも天気予報士目指そっかなぁ〜」とか言い出しそう……ん？

スマホが震え、コネックを開くと、まさにそのコバヤシからメッセージが。

『ねーねー、こんだけ予報ハズしてもプロ名乗れるなら、あたしも明日から天気予報士名乗っていいんじゃね!?』

…………はい、既読無視！

さて、現実に目を戻し……とりあえず、晩ご飯の準備だ。

高嶺の花、いや、天高く光輝く太陽の如き鏑木先輩の家にお泊まりするなんていう、とても正気ではいられない状況に投げ出されてしまった僕だけれど、今はとにかく数少ない恩返しのチャンスをしっかり成功させないといけない。

ただ、この雨の中じゃ買い出しに行くのも大変なので——

「冷蔵庫の中にあるもの、好きに使っていいよ！」

そう許可をいただき、冷蔵庫の中を拝見させてもらう。

「……なるほど」

一人納得して頷く。

冷蔵庫の中にあったのはヨーグルトやゼリー、プリンなどのスイーツ類。エナジードリンク、麦茶、牛乳、水。

そして、料理に使えそうな食材は……少量の野菜とベーコン。そして、大量の卵だった。変に傷んだり、賞味期限が切れている様子はない。

実は、キッチンに詰め込まれたゴミ袋を運んでいる時に、やけに割れた卵の殻や、生卵、バラバラになった野菜など、料理をしようとして挫折したような残骸が交ざっているのに気が付いていた。

この家にいるのは鏑木先輩だけ。ゴミにはコンビニ弁当やカップラーメンの空き容器も多かったから、普段の食事は殆ど外食か、中食（買ってきた弁当など）で済ましているのは察しがつく。

その反面、キッチンには殆ど使用した跡がないものの、包丁やフライパンなどの調理器具や、塩こしょうなどの一般的な調味料は用意されている。

つまり、先輩は先輩なりに、自炊にチャレンジしたことがあるわけだ。それも、掃除道具とは違い、割と最近の出来事らしい……まぁ、あまり上手くいかなかったっぽいけど。

普段の先輩のイメージだったら、さらっとフレンチのフルコースでも作りそうな感じだけれど、この家に来てからだと、卵を割るにも両手でぐちゃっと潰して涙目になってしまう姿の方がしっくりくる。

先輩自身は、そんな自分を恥ずかしく思っているみたいだけれど、当然、その程度で先輩の評価が落ちるはずも無い。

欠点が可愛らしさに繋がる最強の生物だ。面構えが違う。

「でも、卵にベーコンじゃ、どうしたって朝食みたいになっちゃうよなぁ」

主食は常備しているっぽいパックご飯で確保できるし、汁物としてもインスタント味噌汁やフリーズドライの玉子スープも発見した。もちろんどちらも賞味期限内。

「『気軽にスペシャリテ』シリーズが無いのは少し心細いけれど……よし」

作る料理を決め、早速取りかかる。

（そういえば、先輩は今のうちにもう少し掃除すると張り切っていたけれど……）

「うわあっ!?」

遠くから、ガラガラと何かが崩れる音と、先輩の悲鳴が聞こえてきた。

「……………」

かなり嫌な予感がするけれど、今は火を使ってるからなー！　目を離したら危ないからなぁー！

そうしっかり現実逃避しつつ、僕は料理に集中する。

先輩が料理を手伝うと言ってこなくて本当に良かったと、安堵を噛みしめながら。

◇◇◇

「おおっ！」

食卓に並べた遅めの晩ご飯を見て、鏑木先輩は目をきらきらと輝かせた。

「キミ、これどうやって用意したの!?　まさか、最初から泊まる気でこっそり食材を持ち込んでいたとか!?」

「違いますよ。ちゃんとキッチンにあったものだけで作りました。あと、そんな目を輝かせてもらうほどのものじゃないです」

今回のメインディッシュはチャーハン。

大量にあった卵を活かし、パックご飯、適当な野菜、ベーコンと一緒に油で炒め、調味料で味を調えてみた。

まぁ、「余った食材はカレーかチャーハンに突っ込んどけ」という格言があるかもしれない程度には、チャーハンは自由度が高い料理だし、ただベーコンエッグと野菜炒めみたいな出し方をするよりは料理した感が出るだろう。

そして、チャーハンを炒めてなお余った卵は、先輩が気に入ってくれている僕なりのスペシャリテ、『弁当に毎回入れている卵焼き』にした。

ありがたいことに偶然先輩のキッチンに、普段僕が使っている白だしも置かれていたおかげで、いつも通りのものが用意できたのだ……偶然だよね？

さらに、チャーハンと相性のいい玉子スープも用意。

即興にしては見事に、卵づくしな食卓となった。

「先輩が大量に卵をストックしてくれていたので、お言葉に甘えて使わせていただきましたけど、改めて見るとちょっと卵ばっかりすぎる感じしますね」

「私、卵、好き！」

すっかりお腹が減っていたのか、僅かに理性を失ったような、片言で応える先輩。

まぁ、あれだけ冷蔵庫にストックしていたのだから、卵が嫌いということは間違いなく無いだろう。

「は、はしたないって思うかもしれないけれど、早速いただいてもいいかな？　いいよね!?」

「もちろん。冷める前にどうぞ」

「いただきますっ！」

　ぱんっと手を合わせ、まるでかぶりつくような勢いでチャーハンにスプーンを突き刺し、口に運ぶ先輩。

　スプーンいっぱいに盛ったチャーハンを思い切り頬張っている姿は、随分幼く見える。

「ふぉふぇ！　ふふぉいふぉいふぃい！」

「いや、飲み込んでから言ってください」

　ベタに、チャーハンを頬張ったまま感想を言い出す先輩に、とりあえずティッシュを差し出す。

「ふぁいふぁふぉ」

「はいはい、お気になさらず」

　おそらく「ありがとう」と言ったのだろう。

　なんだか妹の小さい頃を見ているみたいだ。

「んぐっ！　……ぷはあ！　いやぁ、すっごい美味しい！」

「お口に合って良かったです。なんかホッとしました」

「確かに、有名な料理店のものとかと比べたら美味しさじゃ負けるかもしれないけれど、それがすべてじゃないからね。毎日でも食べたいと思える真心と、何より自分に合っている感じが唯一無二だよ。なんだか懐かしいというか、嬉しさでついついニヤけちゃう感じ！　まさにこの卵焼きをあの日、部室でいただいた時の感動を思い出すなぁ！」

そう夢見心地と称して良いくらいのとろけた表情を浮かべつつ、饒舌に語る先輩を見て、僕もつい同じ日を思い出していた。

（先輩、今回は写真撮ってくれなかったな）

初めて弁当を食べてもらった日のことを思い出し、ついそんなことを考えてしまう。

ただ、拗ねるとかじゃない。

結局、あの時と同じで、僕の料理を喜んでくれる先輩の姿を見れば、自然と口元が緩んでしまう。

自分の料理に大した自信は無いとはいえ、頑張って作った甲斐があるというものだ。

「うん、この良い気分に浸って、一杯引っかけたらもっと最高だろうな」

「一杯!?」

「別に飲まないよ？　お酒はハタチになってから、だからね！」

「いや、すごく気持ちの良いドヤ顔されてますけど、当たり前ですからね？」

たまに、気付け薬代わりというか、テンションを上げるために酒を飲むという大人な話を聞くこともあるけれど、先輩なら飲んでいても意外とは言えない。

それに、子どもっぽいところはありつつも、先輩は僕から見ればひとつ上どころではなく、かなり大人びて見える。

ワイングラス片手に夜景を背負い過ごす優雅な夜……なんて、バチクソ似合いそうだ。

今日はあいにくの豪雨だけれど。

「お酒かぁ……なんかこうやって過ごしていると思い出すなぁ」

「何をです？」

「仕事が一段落して、ゆっくり二人で晩酌した夜のこと」

先輩はお酒代わりに麦茶を飲みつつ、どこか遠くを見るように溜息を吐いた。

先輩の先ほどの飲酒をしていないという言葉が早速否定される気もするけれど……いや、多分先輩が言っているのは『僕と先輩の思い出』だ。

（一周目の僕と、先輩）

その瞳の向こうにはたぶん僕に見えない、先輩にしか見えていない光景が映し出されている。

二人きりで、先輩の部屋で食卓を囲んでいるからか、無性にそれが何なのか気になって、僕は黙って先輩の次の言葉を待っていた。

「……いや、こんな話やめよう」

「え？」

「キミを困らせるだけだからね」

今更そんな正論を言って、先輩は言葉を引っ込めてしまった。

僕が真面目に聞きたくなった矢先に、どうして。

「べ、別に困りませんよ」

「ううん、だってとても信じられない話じゃないか。人生二周目とか、一周目とか、さ」

どうしたんだ、突然？

前までは聞いてもいない内から一方的に話してきたのに、ここにきて突然引っ込めるなんて。

それに、先ほどまでは楽しげに、普段通りに回復してきたように見えた先輩のテンションが、ここに来たばかりの、どこか不安定な状態に戻ってしまっているような気がする。

視線は所在なく彷徨い、僕をちゃんと見ようとしない。

「わ、私！　お風呂入れてくるね！」

そして、先輩が勢いよく立ち上がった。まるで話題を避け、逃げようとしているみたいで……なんだかモヤモヤする。

そりゃあ、これまで『人生一周目』の話を聞かされてきた時、僕も良い反応ができてたとは思わない。

でも、話をしている時の先輩は、いつも生き生きとして、楽しそうで、なによりも心から幸せそうだと思った。

なのに、今の先輩は、気持ちを押し殺して、なぜか自分を責めるような……そんな痛々しさを感じさせた。

それが、嫌だった。

「先輩っ！」

お風呂の準備、と逃げた先輩を追って立ち上がり、リビングから出る直前に、なんとか手首を掴んで止めた。

「と、友樹くん？」

「何か、気に障ったなら謝ります。でも……もしも、何かあったなら、話してくれませんか？」

「何かって……」

「先輩の家に押しかけて、一緒に掃除して、ご飯食べて、思ったんです。何か嫌なことがあったから、学校を休んだんじゃないかって。だって、さっきまで楽しそうだったのに、またここに来た時みたいに暗い表情に戻っちゃって……僕なんかが力になれるか、分かりませんけど、吐き出したら楽になるかもしれません。サンドバッグ代わりでいいんです。どうか、先輩の力にならせてください！」

僕なんかに、先輩の力にならせてください！」

でも、今の苦しんでいる先輩より、前の先輩の方が……好きだ。

自分でも気持ちが逸《はや》って、前のめりすぎて、上手く整理できた言葉じゃないって思うけれど……とにかく先輩の力になりたいという思いを込め、全力で訴えかけた。

そんな僕を見て、先輩は、大きく目を見開いて――


突然、じわっと涙を溢れさせた。


「え……ええっ!?」

「ご、ごめん！」

すぐに目元を押さえ、うずくまる先輩。

僕は一瞬驚きはしたものの、すぐに泣かせてしまった罪悪感に襲われた。

「す、すみません！　僕、その……！」

「ううん、キミは悪くないよ……」

顔を伏せたまま、先輩が首を横に振る。

「これは、悲しいというより、嬉しい……ううん、なんだろう。自分でも分からないくらい、感情が、溢れちゃって……」

「先輩……」

「やっぱり、キミはキミなんだね。なんだかあきれちゃった」

先輩は顔を上げ、にこりと微笑む。

ただ、目元はちょっと赤くなっていて、あの涙は見間違えなんかじゃないと証明していた。

「もうこれ以上、キミに話すまいと思っていたんだ。でも、キミに聞いて欲しいとも思っていて……だから……」

普段の鏑木先輩とは違う、たどたどしい言葉づかい。

けれど、真剣な気持ちが痛いほど伝わってくる。

「はい。聞かせてください」

これは、僕にしかできない役目だ。

僕はその場にしゃがみ込み、先輩の目を真っ直ぐ見つめ、頷いた。

◇◇◇

「私が今の私になったのは、小学校一年生の頃だ」

リビングのソファに座り直し、先輩は独り言のように語りだした。

「病院のベッドに横たわり、目を閉じて……起きたら、子どもの頃に戻っていたんだ。最初は夢だと思ったけれど、いつまでも覚めないとなると、逆に怖くなった。もしかしたら、ここが天国なんじゃないかって」

「天国なのに怖くなるんですか？」

「だって、しわくちゃの私じゃないと、私が私だと気付いてもらえないじゃない？」

確かに、小学生の姿なら、その時点で出会っていないと分からないかもしれない。

今の時点でも、先輩が小学生だった頃の姿なんて想像できないし。

「でもね、不思議と時間が経てば慣れるんだ。ランドセルを背負って学校に行くことも、母に頭を撫でられることも、自分が小学生の頃にタイムリープしたことも。子どもらしく振る舞っていれば、次第にそれが板について、当たり前になってくる。変だよね。私はついこの間までお婆さんだったんだよ？　ただ、私が老いても、記憶の中の制服を着た私が若々しいままのように……いつの間にか老いた私は過去になり、子どもとなった小さな私が、私の現実になっていった」

先輩は淡々と、けれど所々寂しさを滲ませて語る。

「実はね、一周目の私と、今の私は、全く異なる生き方をしてきたんだ」

「え？」

「さっき話したよね。この部屋は祖父にもらったものだって」

「確か、入学祝いと、小説で賞を取った記念、でしたよね」

「うん。でも、一周目の私はとても小説で賞を取れるような中学生じゃなかった。私が小説家になったのは、20代半ばを過ぎた頃。その経験があったからこそ、今の私は若くして賞を取るに至ったんだ」

もちろん、盗作とかじゃないよ？　と、先輩は苦笑する。

僕は創作についてはまったく分からない。けれど、先輩の本は読んだ。

高校生になったばかりの僕でも、先輩の本からはなんというか……深みを感じた。

僕ではとても思いつかない視点、着想。僕のような初心者でも、がっつり掴んで、感情移入させてくれるだけの文章、構成、表現力。

ネットの評判でも、「高校生（中学生）とは思えない作品」とレビューが書かれていることが多いし、頷ける。

それが、小説家としての人生がひとつ分乗っかっているから……というのは、確かに説得力が高い、かもしれない。

「あれ？　でも、お祖父《じい》さんは、先輩が賞を取ったからこの部屋をくれたんですよね？じゃあ……」

「さすが友樹くん。中々鋭いね。当然、一周目の私は賞なんてもらっていないし、それどころか小説を書いてさえいなかった。そして祖父は……家族だってだけで愛情を注ぐような人ではなかった。プライドが高く、結果至上主義……私も幼い頃から祖父には、鏑木家に相応しい人間になれとずっと言い聞かせられてきた」

なんだか漫画に出てくる名家そのものみたいな話だ。

まぁ、ぽんっと高級マンションの一室をプレゼントできるくらいだもんな。僕のような庶民じゃ想像のできない価値観を持っているんだろう。

「一周目の私は、祖父曰く、鏑木家の面汚しだったんだ」

「え？」

「今と比べると、すごく引っ込み思案な性格でね。何をするにも自信が持てなくて、たくさん習い事もさせてもらっていたけれど、大事な時にはいつも緊張して結果が出せなかった。いつしか私自身も、最初から上手くいきっこないって諦めるようになってしまったくらいさ」

今の、何でもできて自信に満ちあふれて見える先輩とはまるで別人の話だ。

でも、掃除で失敗して落ち込んでいる姿を見た後だと、全く想像できないわけでもない。

あの、自分で自分を追い込んでしまうような感じは、今先輩が語った『一周目の鏑木先輩』と重なって思える。

「両親はそんな私を気遣ってくれていたけれど……結局、祖父は私を認めることがないまま亡くなった。それがずっと心残りでね。その後、小説家になり、ようやく自信を持てるようになっても、もう祖父を見返すことはできないと、そんな無念がいつも頭の片隅にこびりついていたんだ。だから、子どもの頃にタイムリープして、これが紛れもなく現実だって受け入れて……私は、チャンスだって思った」

「お祖父さんを見返す？」

「うん。私には一周分の知識と経験があった。あと、一周目には自覚することがなかった、確かに祖父が誇るだけの、名家として受け継がれてきた才能もあったんだろう。それらが噛み合い、開花して、私自身が目指していたよりもずっと大きな結果を出せたんだ」

小説の賞を受賞し、中学生でデビューしたことや、噂で聞くジュニアモデルの話。きっとそれらのことだろう。

確かに、子どもの頃の習慣や経験が、後の人生に大きな影響を及ぼすという話はしばしば耳にする。他言語の習得は子どものうちにしたほうがいいとか、ゴールデンエイジがどうとか。

「祖父は喜んでくれたよ。わがままだって聞いてくれるし、本当に別人のように私を可愛がってくれる」

「良かったじゃないですか」

「そう……なのかな」

この際、ファンタジーだなんだって思考は置いておく。

その上で、一周目では認めてもらえなかったお祖父さんに二周目で認めてもらえたというのは、十分成功、良い結果だと言えるんじゃないだろうか。

なのに、先輩の表情は浮かない。依然として暗いままだ。

「もちろん祖父が喜んでくれたのは嬉しいよ。けれど、おかげで私の人生は、かつてのものとは大きく変わってしまった。私は祖父に認められなかったという後悔こそ抱えていたけれど、決して自分の人生が悪かったなんて思っていない。むしろ最高に幸せだった。それこそ、もし若い頃に戻れても、もう一度同じ人生を繰り返したいと思っていたくらいに」

「それって……」

「キミが、日宮友樹くんがいたからさ」

先輩の、真剣な眼差しに、思わず息を呑む。

「キミはいつだって、私を見つめ、支えてくれた。キミと一緒にいると、ささくれだった心も和らいだ。どんなに忙しくても、どんなにつらくても、キミのために尽くしたいって思った。たとえ世界中の人が私の作品を読んでくれなくなっても、キミだけが読んで『面白い』と言ってくれたら幸せだろう……って、そんな唯一の人だった」

「………」

熱く、真っ直ぐな言葉。

それに僕は何も返せず、ただただ魅入られていた。

この言葉が自分に向けられているのか、それとも未来の自分に向けられているのか分からないけれど……。

「キミのことは一日たりとも忘れたことはないよ。すぐにだって会いに行きたかった。けれど……怖かったんだ。もしかしたら、タイムリープなんて、こんな不思議な体験をしているのは私だけで……キミはそうじゃないんじゃないかって思ったから」

　僕に先輩の言う一周目の記憶は無い。

　そして、先輩の言う、大人になった僕も知らない。

「……すみません」

　思わず、謝ってしまう。先輩がそんなの求めていないと分かっているのに。

　それでも、僕には先輩と同じ思い出を共有することも、その話を事実として身を委ねることも、できないから。

「キミが謝ることじゃないよ。だって、悪いのは……」

　先輩は言葉を途中で飲み込んで、首を横に振る。

「……ねえ、友樹くんは運命って信じる？」

「えっ、運命？」

「うん。世界の始まりから終わりまで、あらゆる事象が刻まれたアカシックレコードの如く、私やキミの人生は、予め運命というものに定められ、覆らないのか、どうか」

「えっと、どうでしょう……？　あまり真剣に考えたことはないですが」

ドラマみたいに劇的な人生を送っている人には、運命を感じる瞬間があるのかもしれない。

けれど、僕みたいな平凡な人生を歩んでいる人間にまでそれが用意されているかといえば……いささか信じられないというのが本心だ。

でも、そう口に出すのは、自分を卑下しているようで、先輩はあまり良く思わないんじゃないだろうか。

「もしかして、気を遣ってる？」

「えっ」

「ふふっ、いいよ」

先輩は見透かしたように口元を緩める。

「私は、運命って言葉が好きだ。ただの偶然じゃない、自分の手が及ばない何か神秘的なものに導かれている。どんな選択をとっても、どんな道を歩んでも、必ず定められたとおりに交わる。もしもそれが運命に選ばれた恋人とだったら、とってもロマンチックじゃない？」

そう語る先輩は、とても綺麗な微笑みを浮かべていて。

「……でもね」

なのに、なぜか——

「運命なんて、私は信じていない」

　僕の目には、今にも泣き出してしまいそうに見えた。

「キミの目に、私はどう映る？　鏑木美春はどんな存在？」

「え……？」

「私にとって、今の私は、大きな川の流れに逆らえず流れる葉っぱみたいなものだよ。想像を超える川の大きさに怯えて、溺れてしまえたら楽だったかもしれないけれど……でもね、逃げ出すのはいつでもできるって思ったんだ。だから、今は目の前のことを頑張ろうって思った。ダメになっても、期待されなかったあの頃に戻るだけだって。……なんて、あの頃があるから、期待されない苦しみを知ってしまっているから、こうなったのにね」

　痛々しい、という表現が合っているのだろうか。

　今の先輩は、痛みに震え、傷つき、それでも「大丈夫」と無理して笑顔を作っている……そんな風にしか見えない。

　全然大丈夫じゃない。

　でも……だからって、なんて言葉をかければいいんだろう。

「高校を受験する時もそうだった。いくつかある候補から、なんとなく、今の仙名高校を選んだんだ。一周目に通っていたのは、祖父から遠ざけられるように行かされた、遠くにある全寮制の女子校で、今とは状況が違ったから。……でも、その選択が間違いだった」

「間違い……？」

「二年生になってすぐ、入学式に出て、新入生にスピーチすることになったんだ。生徒会長でもないのに、在校生代表としてね。まぁ不思議には思ったけれど、別にそれくらいならって軽い気持ちで引き受けて、当たり障りの無い原稿を作った。そして、特に緊張も無く登壇して……そうしたら、新入生の中にキミがいた」

入学式の、先輩のスピーチ。それは僕も覚えている。

僕はあの時、初めて鏑木先輩を知って、この世にはこんなに特別という言葉が似合う人がいるんだと、圧倒されたのだ。

けれど――

「キミが、私を、憧憬の眼差しで見上げていた」

先輩の言葉に滲む、絶望。

まるで裏切りにあったような、身を刺す苦しみが伝わってくる。

「私が仙名高校を選んだのは、校長先生方から強く誘致されたからだけど……きっと頭の片隅に、キミの出身校って聞いたのが残っていたからなんだろうなぁ。もう少しちゃんと考えていたら、気が付けただろうにね」

彼女に向けられる期待や羨望の眼差し。

僕はみんなと一緒にただ見上げるだけで、見上げられる側が見ている景色なんて、考えてもいなかった。

そして、そんな僕の目が、先輩を追い込んでいたことも。

「私が講壇に立ち、キミが見上げる。そんな出会いが、私達の関係を決定付けてしまった。初めてキミと出会った時の、あの涙が出そうなくらいに、温かくて優しいあの目を、私に向けてくれることはもう二度と無いんだって、分かっちゃったんだ」

僕にとって、鏑木先輩は紛うことなく先輩だ。目上の人だ。

たった一つの年齢の違いでも、大きな差に感じる。

けれど、大人にとっては多分、そうじゃない。たった一つの年の差なんて、些細なものなんだ。

僕の両親は三つも年が離れている。けれど、そんなこと気にもしていない。

先輩は、僕とお見合いで出会ったと言った。

そこにはきっと、先輩も後輩も無かったはずだ。

「私達の出会いは、失われてしまった。私の浅はかな見栄が、一番望んでいた未来を……私が運命だったと思っていたものをあっさりと変えてしまったんだ。だから……悪いのは全部、私なんだ」

それは、先輩が先ほど飲み込んだ言葉の続きだった。

けれど、ようやく続きを聞けたとて、僕には返せる言葉がない。

簡単に受け止められない。冗談と流せもしない。

先輩は僕から見ればずっと大人だ。手の届かない遥か高みにいる人だ。

住む世界が違う。先輩の見ている景色は広大で、僕には理解できないもので……一緒に過ごす時間も、彼女の気分ひとつで簡単に終わってしまうだろう。

そして僕は、いつか先輩と過ごした日々を、武勇伝のように、素敵な思い出にする。

思い出に、できてしまう。

(僕はそうやって、勝手に先輩を特別扱いしていた。それが彼女を孤独に追いやっていたなんて、思いもしなかった)

もう僕は、先輩の望む僕じゃない。

そんな僕に……先輩の傍にいる資格なんて、無いんじゃないか。

(……でも)

心臓がどくんと跳ねる。

僕にとって、先輩との出会いは偶然だった。

運命で結ばれた一周目が本当にあったのかも、分からない。

この関係は、僕が自覚しているとおり、か細いものなのかもしれない。

でも……この部屋に来た時――先輩がいきなり学校を休んで、メッセージには返事どころか既読もつかなくて、ただただ心配でここまで押しかけた時。

僕は、こんな立派に、頭でっかちに、お利口さんに、聞き分けの良いことを考えていただろうか。

僕は名医でもなんでもない。駆けつけたって、先輩にできることなんて無かったかもしれない。

けれど、そんな合理的なことなんかじゃなくて……もっと自分本位だったはずだ。

ただ彼女が心配で、きっと何か力になれることがあるはずだって……ただ、何もせずにはいられなかっただけだ。

そして、今も。

苦しんでいる彼女を前に、じっとなんてしていられなかった。

「先輩」

何を言うべきか、それを考えるより先に、口を開く。

「先輩は、悪くありません」

「っ……」

「もしも未来で、先輩と僕が今とは違う形で出会うはずだったとしても……僕は、先輩が間違っていたなんて思いません！」

「でも――」

「だって、もしも先輩が、先輩の言う一周目と同じように生きていたら、結局お祖父さんに認めてもらえず、同じ後悔を背負うことになっていたんじゃないんですか!?」

胸の奥がやけに熱い。

感情が溢れて、言葉がつい強くなってしまう。

僕は先輩が逃げられないよう、肩をがっしり掴んで、彼女の目を真っ直ぐ見つめていた。完全に無意識の行動だった。

先輩は驚いた顔で僕を見つめ返してくる。

「先輩が一人で全部背負って、誰にも弱みを見せないで苦しむなんて、間違ってると思います。貴方にとって、僕は、貴方が望んでいた僕じゃないかもしれないけれど、今から貴方の望んだ僕にはなれないかもしれないけれど……だからって、それは先輩の傍に居られない理由にはならない!!」

「あ……」

何度も思った。たった一歳しか違わないのに、って。

鏑木先輩に向けられるたくさんの期待と憧れ。

そんなもの、もしも僕が受けていたら、きっと震えて、尻込みしてしまうだろう。

とても一人で、笑顔で立っているなんてできない。

けれど、今は知ってしまった。先輩——鏑木美春という人のことを。

彼女の心を、思いを、苦しみを……そして、喜びを。


だから……今はこうも思う。

たった一歳しか違わないから、って。


「たった一人のこの部屋で、たった一人の部室で、ずっと頑張り続けるのは、きっと苦しいと思うから、だから、もしも先輩の気持ちが楽になるなら、僕も先輩と一緒にいさせてください。先輩の、誰にも見せられなかった弱さをぶつけてください。僕は……日宮友樹、ですから」


先輩の思い描いていた未来が変わって、先輩が待ち望んでいた運命が消えてしまって……それはもう、どうしようもない。

僕にとって先輩は先輩で、今更関係をリセットなんてできないし、したくもない。

けれど僕は、今の僕だからこそ、先輩にとって必要な人間になれると信じる。

正直、具体的になんだって分かっているわけじゃないけど……そう信じて頑張るくらい許されるはずだ。

だって、僕は鏑木先輩と、たった一歳しか違わないんだから。

どんなに遠く離れて感じても、眩しくても、それだけは絶対変わらない。

「友樹くん……」

先輩は僕を見つめ、震える声で名前を呼ぶ。

「キミは……キミは本当にさ……。その言葉の意味、それが、どういう言葉か、本当に理解しているのかい……？」

「え？」

「うっ……ふぐっ……うえええんっ！」

先輩は、目尻から今日一番の大粒の涙を溢れさせながら、思いっきり僕を抱きしめてきた。

強く、絞め殺す勢いで……絶対に離さないという、そんな意志で。

「ごめんなさい……！　面倒くさいことばかり言って、キミを、困らせて……でも、嬉しくて……」

「だったら、ありがとうで、いいじゃないですか」

「ぐすっ……どうして、キミも泣いてるのさ……」

「う……」

思いっきり感情的に言葉をぶつけた反動か、先輩に釣られてか……僕も思わず泣いてしまっていた。

見えていないから隠せるなんて思っていないけれど、指摘されると恥ずかしい。

「ふふっ、優しいキミのことだ。きっと泣いても泣いても足りやしない、泣き虫な私の分まで、泣いてくれてるんだよね？」

泣きながら、得意げに、いや楽しげに笑う先輩に釣られ、僕もつい笑ってしまう。

もちろん、涙は止まらない。

「先輩のおっしゃるとおりです」

「えへへ、当たっちゃった～」

ぐーっと体を押しつけるように、さっきまで以上に抱きしめてくる先輩。

僕らはしばらくそんな風に、バカみたいに笑って、バカみたいに泣いた。

少し恥ずかしさもあったけれど、それ以上に先輩が僕に、遠慮せず寄りかかってくれるのが嬉しかった。

◇◇◇

「お風呂、いただきました……」

「はーいっ！」

まさか、先輩の家でお風呂を借りることになるなんて。

最初は一日ぐらい入らなくても大丈夫と断ったのだけど、「掃除もして汗かいただろうし、さすがに不潔だよ」と正論でぶん殴られ、一発でテクニカルKOを喰らい、今に至る。

さらに、「制服のままじゃ寝苦しいでしょ」とありがたいお言葉を頂戴し、明らかに男物のスウェットを借りることとなった。

「おおっ、似合ってる似合ってる！」

ちょっとぶかぶかのスウェットを着た僕を見て、先輩は嬉しそうに笑う。

「これ、ありがとうございます」

「うん。偶々持ってて良かったよ。ああ、勘違いしないで欲しいのだけど、そのスウェットは取材用で買っただけだからね」

「取材って、どういう……？」

「彼シャツ、ならぬ彼スウェット的な？」

「……なるほど」

よく分からないけれど、とりあえず納得することにした。

「こんなことになるなら、下着もちゃんと買っとけば良かったなぁ」

「い、いえ、十分です」

ちなみに下着は据え置きだ。これぐらいなら全然気にならない。

「あっ、私の穿く？　可愛いのあるよ？」

「絶対穿きませんっ！」

本気か冗談か、先輩の提案は思いっきり却下させていただく。

さすがにそれは、下心丸出しで近づく先輩のファンであっても断るだろう……断るよね？

「じゃあ、私もお風呂入ってくる！」

「先輩、ちゃんと着替えは持ちましたか？」

「持った！」

先ほどまでのしんみりした空気が嘘みたいに、すっかりハイテンションに戻った先輩が、すったかたーと脱衣所に入っていく。

いや、戻ったというより、より幼くなった感じがする。自由奔放な子どもを世話しているみたいな、妙な疲れが……。

ちなみに、着替えを確認したのは、万が一先輩が着替えを忘れて、バスタオルだけを巻いて出てくるなんて、ベタな展開を阻止するためだ。

今日はもう疲れた。たとえ世間一般にラッキーとされるイベントだって、対応する元気は無い。それはまた今度だ。

「……って、今度ってなんだよ。今度って」

疲れからか、ぽろっと漏れ出した欲望を自省しつつ、安らぎを求めてソファに向かう。

先輩んちのソファ、いかにも高級でフカフカだからなぁ……正直かなりやみつきになっている自分がいる。

「ん？」

ソファに何か、さっきまで無かった貼り紙がされている。

書いてある文言は……『使用禁止』。

「……なんで？」

壊れた様子はない。ていうかさっきまで普通に使ってたし。

もしかして、夜の11時以降はソファを使っちゃいけないっていうローカルルールがあるとか？

いや、だとしても意味が分からないけれど……まぁ、これを用意したのは明らかに先輩だ。

郷に入っては郷に従え、と昔の偉い人も言っていたらしいし、家主がそう言うなら守らなければならない。先輩の下着は穿かないけれど。

と、いうわけで、ダイニングチェアに座って待たせてもらうことにした。木製の硬い触感ではあっても、座ると一気に疲れが全身に回ってくる。

もしこれがソファだったらうっかり寝てしまっていたかもしれない。家主がお風呂に入っている間に寝入ってたなんて、やっぱり失礼だろうし、ソファが使用禁止で良かったと言えるかもしれない。

◇◇◇

「いやぁ、実は寝袋がダメになっていたことに、キミがお風呂に入っている最中に気付いてね」

お風呂から出てきて、パジャマに着替えた先輩は開口一番、高らかにそう言い放った。

「なんで⁉」

「と、いうわけで一緒に寝よう！」

「さっき見た時は問題無さそうでしたけど……」

「いやいや、実は取材用に何回か使用していたのを思い出したんだ。それから一度も洗っていないから、中には私の汗や皮脂がびっしりこびりついていて、それがおそらくそのまま何ヶ月も発酵されていて……キャー！　乙女の私には、そんな寝袋を使わせるなんてとてもできないよぉー！」

「後半、心なしか棒読みな感じでしたけど」

「ソンナコトアルヨ？」

「認めた⁉」

「やだなーもー、恥じらう乙女の照れ隠しダヨンヌ」

「ダヨンヌ!?」

上機嫌に僕の背中を叩いてくる先輩。

いや、まぁ、うん……汗とか皮脂が付いているって言われたら、さすがに使うわけにもいかないけれど。気になって絶対眠れないし。男子高校生的な意味で。

「じゃあ、どこで寝れば……」

「それなんだよねー。寝袋を使ってもらう予定だったんだけどなー。代わりに寝れそうなソファは偶然使用禁止だしなー」

またもどこかわざとらしい——って今、ソファの使用禁止に触れたよな？　偶然とは？

「こうなったら……一緒に寝るしかないよねっ!!」

「はぇっ!?」

二度目の念押し。理路整然と追い詰められてしまったおかげで、拒絶しづらい。

「寝よう！　一緒のベッドで！」

「いや、恥じらう乙女どこに行きました!?」

「大丈夫！　私のベッド、クイーンサイズだから！　二人でも余裕で寝れちゃうよ！」

「今その心配してませんけど!?」

先輩のベッドが大きかったことは、掃除をした時に分かっている。

いや、そんなことより、このわざとらしい展開と使用禁止のソファ……まさか、仕組まれた!?

「いやぁ良かった。私のベッドが偶然大きくて。お客様のキミを床で寝かすなんて絶対無理だし、これは不可抗力だ」

「やけに嬉しそうに笑ってますけど」

「トラブルは楽しまなくちゃ。『船荷のない船は不安定でまっすぐ進まない。一定量の心配や苦痛、苦労は、いつも、だれにも必要である』と、かのショーペンハウアーさんもおっしゃっておりますから」

偉人の格言みたいなものを持ち出し、先輩は僕の手を引く。めっちゃ力強い!?

「ほらほら、友樹くんだって疲れたでしょ? さっさとお休みしよ!」

疲れはしたけれど、先輩と同じベッドで安眠できるほど僕の心臓は強くないんですが!?

「ちなみにワタクシ、空手に柔道、合気道やらなんやらかんやらを一通り嗜っておりまして」

「今一番聞きたくない情報来た!」

「お祖父さまが、『美春は可愛くて優秀だから、悪い虫が寄ってこないとも限らない』とか言うから」

「孫バカジジイ!!」

余裕を失ったせいで、つい会ったこともない先輩のお祖父さんに暴言を吐いてしまう僕。

でも、先輩は怒るどころか、「そんな可愛がられても戸惑っちゃうよね～」とか笑っていた。

◇◇◇

「それじゃあ電気消すね」

「は、はい……」

「アレックス、電気消して～」

先輩は歌うみたいにスマートスピーカーへ話しかける。

これが俗に言うスマートホームってやつだ。すげー。……なんて、感想を抱く余裕も無いくらい、僕の心臓は騒ぎ散らかしていた。

「んふふ。真っ暗になっちゃったね」

「あの、やっぱり、向こう向いても……」

「だーめ。そんなことしたらせっかくのキミの顔が見えないじゃない」

今、僕は先輩が普段使っているクイーンサイズのベッドの上で、先輩と向き合うように横たわっている。

先輩の呪文によって部屋の電気は消えたけれど、暗闇の中でも先輩の顔はうっすら見える。それくらいの距離だ。

僕は緊張して、呼吸さえまともにできない。うっかり何か吸ってしまったら、自我を保てなくなるような……そんな怖い予感さえ感じる。

対照的に先輩はやけに楽しげだ。余裕がある。

「甘えていいって言ったのはキミじゃないか」

「それは……そんな感じのことは、確かに言いましたけど……」

「じゃあ、もっと近くに行っていい？」

「う……だ、ダメです」

「けち」

拗ねたように唇を尖らす先輩。

子どもっぽい仕草だけれど、この状況じゃ誘っているようにしか見えない。

「ていうかさ、思ったんだけど！」

「……なんでしょう」

「こうやって、同じベッドで寝てるって……実質結婚みたいなもんじゃない？」

「ち、違うと思います」

「あ。実質っていうか、もう結婚してた」

「してませんが!?」

確かに婚姻届にはサインしたけども！　させられたけども!!

「そんなに強く否定して……友樹くん、私がお嫁さんじゃ嫌なの？」

「っ……!!　い、嫌とは言ってませんけど……」

「つまり？」

「ぐ、うぅ……!?」

上目遣いで、じっと見つめてくる先輩。

しれっと手を伸ばし、僕の手を握ってくる。

なんというか、やっぱり色気が凄い。怖い。飲み込まれそうだ。

「で、でも……そういうのは段階を踏んでいった方がいいと思う、ます」

けれど、こんな状況でも僕は必死に理性を保つ。

脳内評議会では「乗れよ友樹！」という意見が過半数に届きつつあるが、それでも、乗れないものは乗れない。

なんとなくだけれど、先輩がここまで分かりやすく、あざとく誘惑してくるのは、僕が乗ってこないと信頼しているからだと思う。なんとなくだけど……。

「ふふっ、確かに。そういう甘酸っぱい関係から始めるのもイイかもね」

……あっぶねぇ!!

これは本当に誘惑に乗らなくて正解だったらしい。あと10、いや5秒見つめられていたら、落ちてた。たぶん。

「それにキミには、『美春』って呼ばれるよりも、『鏑木先輩』って呼ばれる方がなんだかしっくりくる気がする」

先輩はそう言いつつ、僕に触れた手を這わせ、僕の指と指の間に自分の指を滑り込ませてくる。

いわゆる、『恋人繋ぎ』というやつだ。

先輩のしなやかでさらさらとした指の感触が気持ちよくて、また心臓が大きく跳ねる。

手汗が心配だけれど、ぴったりくっついた手のひらが熱くて、もうよく分からない。

「あ、そうだ」

「な、なんですか?」

「私もキミのこと、『日宮後輩』って呼んだ方がいいかな?」

「へ?」

「『鏑木先輩』に合わせてさ」

「そ、それはお任せしますけど……あんまり後輩のこと、後輩ってつけて呼ばないんじゃないですかね」

「確かに。日宮後輩、ひのみやこうはい……う〜ん、なんか言ってて違和感あるなぁ」

「じゃあ、今までのままでいいじゃないですか」

「ふふっ、そうだね！」

　先輩も眠くなってきているのか、言葉の端々から力が抜け始める。

　僕も、正直もう限界だ。

　先輩と二人で同じベッドに寝ている。その事実は変わらず、僕を緊張させているのだけれど、その緊張の甲斐もあってか、消耗した精神がいよいよ眠りを求め、他の感覚をぶち破るみたいに強く主張し始めていた。

「ねぇ、友樹くん」

「……はい？」

「これからも、一緒にいてくれるかい？」

　暗闇の中、先輩が微笑む。

「未来が私の知らないものになって、不安になって……それでも、キミと一緒なら、そんな不安も希望に変わるって思えるんだ。そう、キミが思わせてくれたんだ」

　一周目《おもいで》ではなく、二周目《いま》の僕。

　先輩は、今度こそ確実に、僕を見つめていた。

「運命なんて信じていないとか、かっこつけて言っちゃったけどさ。やっぱり、キミと出会えたことが、私にとっては一番の運命だったんだ」

とても温かく、心地の良い囁き声。

それは子守歌のように、僕の眠気をかき立てる。

先輩の言葉に返事をしなくちゃいけないのに、意に反して瞼はどんどん重くなる。

「ふふっ、いいよ。ゆっくり休んで。返事は大丈夫。私はまた、あの部室でキミを待っているから」

とうとう耐えきれず、瞼を閉じる。

瞬間、握った手のひら以上に温かくて柔らかい何かが、僕の体を包み込んだ。

「おやすみ、友樹くん」

耳元で、先輩が囁く。

僕は先輩に誘われるまま、眠りに沈んでいった。

今までになく安らかで、心地よい眠りに。


「今までも、今も、これからも……ずっと愛しているよ」

そう、遠くから聞こえた気がした。

エピローグ　今日もまた、あの部室で

「おにい、起きろーっ!!」

「うわあっ!?」

掛け布団を引っぺがされ、強制的に叩き起こされる。

なんとかベッドから落とされないよう、反射的に身を縮こまらせつつ、僕は抗議の声を上げた。

「なにすんだ、麻奈果！」

「なにって、起こしてあげただけだけど？」

憮然とした態度で僕を見下ろす、パジャマ姿の麻奈果。

時計を見ると、まだ早朝の5時……普段起きているより、一時間も早い。

「起こしてあげたって、なんでこんな時間に」

「別に、つい目が覚めて、そのまま目が冴えちゃって、おにいを道連れにしようと思ったからじゃないいんだからね！」

妹がものすごく迷惑なツンデレと化した。

「いいじゃん。早起きは三文の得って言うし。最近あたしも部活が忙しくて、おにいとすれ違ってばっかだったし」

「……そうだっけ?」

「ここんとこ朝練とか休日練続きだったじゃん? それで朝は会わないし、夜は……おにい、いきなりお泊まり行っちゃうし」

麻奈果は不機嫌さを隠そうともしない。

この間の金曜日から土曜日にかけてのこと、送られてきたメッセージ的にそんな気はしていたけれど、なぜか妹の怒りを買ってしまっていたらしい。

それこそ、週明けの月曜日である今日まで、起き抜けにチクチク突かれるほどに。

「なんかさ、やっぱりおにい、高校入って変わったよね」

麻奈果はベッドに座り、そのまま僕にもたれかかってくる。

「あーあ。これが大人になるってことなのかなー。前まではもっとあたしに優しかったのに」

「今も優しいつもりなんだけど」

「えー……」

なぜ疑うような視線を送ってくるのか。全く心外である。

「この間だって、少ない小遣いからコンビニスイーツやらアイスやら奢ってやっただろ」

「物で好感度上げようなんて、不純。汚い大人になったね、おにい」

「真顔で言わないで」

自分でも、言っててちょっと思った。

確かに、昔は麻奈果と一緒にゲームをやったり、意味の無い雑談に花を咲かせることも多かった。

けれど、高校に入ってからは勉強が難しくなってそちらに時間を取られることが増えたし、最近は文芸部……鏑木先輩絡みで、週に二日は帰りが遅くなっている。

どうやら、麻奈果にはそれが不満らしい。

麻奈果も演劇部で帰りが遅くなることは多いので、僕だけ文句を言われるのはちょっと腑に落ちないけれど。

「つまり寂しくて寂しくて、それでお兄ちゃんと話したくて、わざわざ起こしたってわけか」

麻奈果のやつ、大きくなったと思っていたけれど、なんだかいじらしいところがあるじゃないか。

異性の兄妹《きょうだい》なんて話題も合わないし、成長するにつれて距離も離れていくもんだと思っていたけれど、まだまだ甘えたい盛りなんだなぁ。

「いや、起こしたのは、さっき言ったとおり、目が冴えちゃったから道連れにってだけなんだけど。寝られてたらその方が良かったし」

「…………」

何言ってんの？　って感じのテンションの麻奈果。

そうだね、お兄ちゃんが空回ってたね。

「……って、ちょっとおにい!?　なんでまた寝る体勢になってんの!?」

「おにい、じゃなくてお兄ちゃんです」

「ねー、起きてよー！」

ゆっさゆっさと思い切り揺さぶってくる麻奈果。僕の小言は完璧にスルーされた。

正直普通に眠いし、今からでも余裕で二度寝できるんだけど……仕方ない。

「分かったよ……」

「ねぇ、じゃあさ。朝ご飯に卵巻いてよ！　たまご！」

「ん、まぁいいけど」

「へへ、やったぁ！　給食も良いけど、やっぱりおにいの卵焼きも恋しくてさ～。ほら、行こ！　疾《と》く！　とく！」

「いや、まだ朝ご飯にも早いだろ。先に着替えてきなさい」

「それもそうだね。てか、おにい！　着替えてる間に寝ちゃ駄目だかんね！」

「分かったよ……ったく」

妹を部屋から追い出し、大きく息を吐く。

鏑木先輩の家に宿泊し、一日空けてやってきた平日。

昨日寝る前は、月曜日、久々に部室で会うかもと思うと、なぜか少し緊張を覚えた。土曜日の朝まで一緒にいたというのに。

けれど、妹に眠りを妨げられ、朝から微妙に疲れる会話を交わしたせいか、今は驚くくらいいつも通りな感じだ。

妹の迷惑な襲撃が、僕の浮ついた感じをフラットに戻してくれたということだろうか。

(素直に感謝するのはちょっと癪だけれど、リクエストの卵焼きくらい、しっかり作ってやるか)

そうやってまた妹を甘やかしてしまう自分に苦笑しつつ、着替えを済ませるのだった。

◇◇◇

早起きと、朝からハイテンションな妹に付き合わされた分、ほんの少し眠気を感じつつ教室に入ると、さっそく晃が出迎えに来た。

「よお、モンキチ」

「そのあだ名、まだ生きてるのかよ……」

「当然だ……って、胸張って言いたかないけど、残念ながらそうらしい。今朝の朝練でも散々イジられたからな」

この間の金曜日に突然生まれた猿系のあだ名達。

晃曰く、面白がったクラスメートが言い広め、晃の所属するサッカー部の先輩方にも伝播。

見事今日まで、晃はウキーラくんとしてイジられたらしい。

「お前に分かるか!? ドリブルするだけで、猿回しってイジられる俺の気持ちが!?」

「分からない。サッカーやってないし」

「だよなぁ！ 変に同情されたら余計ブチ切れてたわ！」

「何だよそのトラップ」

「サッカーだけにってか？ って、冗談言いたいんじゃないんだよぉ！」

晃は頭を抱えて唸る。相当参っているらしい。

ちなみにトラップとは、罠という意味の英単語でもあり、サッカーにおけるボールを止める技術のひとつでもある。

「そんなに嫌なら、お前こそそのあだ名使うなよ」

「いや……それじゃあ負けた気分になるだろ……！」

「出た、負けず嫌い」

晃は普段大人な感じを出すけれど、案外負けず嫌いだったりする。スポーツマンだし当然か（偏見）。

今回はあだ名から逃げたとて、何に負けることになるのかは分からないけれど、なんか面倒な火がついてしまっているようだ。

「ハッロゥ、エッビワーン！」

なんて話していたら、脳天気に上機嫌な小型台風、大林涼子がやってきた。こいつ、いっつも後からやってくるな。

「おはよー、トミー。おはよー、アッキー。今日はいい天気だねぇ！」

「は？」

「ん、どーしたのアッキー。驚いた顔して」

「お前、例のあだ名はどうしたんだよ……!?」

「例のあだ名？」

はて、と首を傾げるコバヤシ。

「お前がウキーラなんてあだ名つけたせいで、俺は散々先輩達からイジられるハメになったんだぞ!?」

「あー、あれね」

あだ名騒動の火の元であるコバヤシは、怒れる晃をものともせず、あっけらかんと言い放った。

「なんかさぁ、サムくない？」

「………………は？」

「いや、あの時はノリもあって楽しかったけど、休み挟んでモンキチ～とか、ウッキーラ～とか、高校生同士で呼び合うの、サムくない？」

それはとんでもなく真っ当で、暴力的と思えるほどの正論だった。

「ぐうっ!?」

正論という目に見えないパンチに、晃が仰け反る！

「コバヤシ、お前、容赦ないな」

「なに？　トミーはモンキーって呼ばれたいの？」

「絶対に嫌だ」

「でしょー？」

すまん、晃。僕、こっちの船に乗るわ。

ていうかコバヤシの脳内で僕の猿あだ名がモンキーになってる。それもうただの猿じゃん。

「てか、そんな終わった話、どうだっていいっしょ！」

「がはぅっ！」

晃が倒れた!?

「トミー、あの後どうなったのさ」

「あの後？」

「行ったんでしょ、例のあのパイセンんち」

「あ、ああ」

「部屋番教えてあげたの、このリョーコちゃんよ？　友達のためとはいえ、ルールを破ってまで協力したんだから、トミーには報告の義務があると思うんですが？」

確かに、彼女のおかげで僕は先輩の家に押しかけることができた。

そして大げさかもしれないけれど、先輩を救うことができたんだ。

当然恩も感じているけれど、どこまで話して良いものか……。

「話しづらい？　まさか……チョメチョメした？」

「はぁ!?」

「おい、マジかよ友樹。チョメチョメしたのかよ！」

晃が復活した!!

「あー、そりゃあ言えないわけだわ。かけがえのない青春、否、性春の一ページだもんね。ごめん、トミー。そしておめでとう」

「くそー、先を越されたか。しかも相手はあの、例のあの人先輩だろ。へへっ、でも親友が大人の階段を上ったってなれば、俺もなんだか誇らしいぜ。良かったな、友樹。おめでとう、そして、羨ましいぜ、コンチクショウ」

二人揃って、清々しい笑顔と共にぐっと親指を立ててくる。

あだ名論争を反省してか、周りのクラスメートに聞こえないよう小声にはしてくれているけれど……そもそも、話題が非常にゲスだ。

「二人が想像しているようなことなんか、何も……」

……そう言いかけて、思い出す。先輩と同じベッドで寝たことを。

（あ、あれはどういう扱いになるんだろうか。チョメチョメに入るのかどうか……って、そもそもこいつらの言うチョメチョメってなんだ!?）

雰囲気から、いやらしいことを言っているのは間違いない。

「おいおいおいおいおい。随分と意味深なところで口ごもるじゃねぇの」

「べ、別に何もないって」

「いいんだぜ。そう照れなくってもよ。俺は全部分かってるからな」

コイツ……！

口では「俺は全て理解しています」って言ってはいるが、裏を返せば「何も言わなかったら俺が都合良く解釈した内容を無理やり真実にしてやるけど?」と脅し、無理やり口を割らせようとしてきている。

なんて嫌らしく、なんて計算高いやつなんだ……！

「まぁまぁ、そこまでにしてやんなよ、アッキー」

「……!?」

コバヤシが晃を止めた!?

立場的には彼女は晃サイドのはず……どうして僕が助かるような真似を!?

「いやぁ、あたし的にはぁ？　やっぱり手助けしてあげたんだから、ちゃんと報告を聞きたいとは思うけれどぉ？　プライベートな部分に踏み込むのは人としてどうかなーってのもあるしぃ？」

……いや、違う。

こいつはそんな生やさしいやつじゃない。

小動物みたいで可愛らしいと世間じゃ評判らしいが、僕達は、そんな彼女が清々しく無邪気な笑顔を浮かべている時こそ、最大限の警戒をしなければならないと知っている！

そう、今みたいな……！

「じゃあ、こうしよう！　トミー、例のあの人パイセン、紹介してよ！」

「は!?」

「いいでしょ？　情報の対価ってことで。あたしも、有名人とお近づきになってみたいし」

「い、いや、でも……」

「別に何か悪いこと企んでるとかじゃないよ？　ただのキョーミホンイってやつ」

鏑木先輩とコバヤシを会わす……？　いや、先輩がコバヤシにどうにかできる存在じゃないとは思うけれど、問題は二人が妙な化学反応を起こした時で……。

「あぁ、嫌ならいいよ？　でもオススメしないなぁ。あたしに借りを作ったまま宙ぶらりんにしておくってことがどういう意味か……トミーなら分かってると思うんだけどなぁ？」

「うっ……！　わ、分かりました。その内でいいなら……」

「やったー！　約束だかんね！　その内って、一ヶ月以内って意味だから！　よろー！」

期間をふんわりと誤魔化そうとしたけれど、しっかり設けられてしまった。

でも仕方ない。コバヤシに借りを作ったままにしておくなんて、本当に、絶対に嫌だから。

「あっ、紹介するのはあたしだけでいいからね。アッキーはダメ。サッカー部のチャラ男とか、絶対エヌ・ティー・アールしようとするから」

「しねぇよ⁉　そもそもチャラ男でも何でもないんだが⁉　俺の評価どうなってんの⁉」

「マジかよ……晃、最低だな」

「友樹まで⁉　俺、ピュアッピュアよ⁉　年齢＝彼女いない歴の！」

「でも、実は三年生のマネージャーと良い感じになりつつある」

「コバヤシっ!?　それをどこで!?」

コバヤシがとんでもないシークレット情報をぼそっと呟いたところで、ホームルームのチャイムが鳴った。

いやー、こりゃとんでもないこと聞いちゃったなー。まぁでも実は、コバヤシがそれを掴んだ段階でバッチリ共有されてたんですけどね。

晃は明らかに動揺していたが、ホームルームなら仕方ない。話はここまでだ。

僕らはそそくさと自席に戻り、一日の始まりに備えるのだった。

◇◇◇

そして、昼休み。

僕は毎週月曜日のお決まり通り、文芸部の部室へと向かっていた。

スマホには、『心配掛けてごめんね。今日はちゃんと登校しているよ』というメッセージと、これまで見たことのないゆるっとしたキャラクタースタンプが送られてきていた。

わざわざ新しく買ったものだろうか。なんだか心機一転を表している感じがして、面白い。

僕にとって、この一ヶ月ほどの日々は、一転どころじゃない大きな変化だった。

家族との関係、友達との関係……そこにはいつも通りが広がっているのに、たった一つ、『鏑木美春』という女性が加わっただけで、僕の生活はまるで生まれ変わったみたいにがらっと色を変えた。

聡明で、カッコよくて、でも繊細で傷つきやすくて、そんな鏑木先輩と過ごす時間を、今では心待ちにするようになった。

——私は鏑木美春。キミの未来のお嫁さんさ！

そう言ってにっこりと笑った先輩。

彼女と僕が、彼女の言う『一周目』のような特別な関係に戻るかは分からない。僕にも、先輩にも。

今の僕には、結婚なんてまだ全然先の話で、自分事として考えられないけれど、これから先、鏑木先輩との関係がどのようになっていくかを考えると、ちょっとワクワクする。

もちろん、良い未来ばかりじゃないと思うけれど……。

「ん？」

文芸部のある階の廊下に足を踏み入れた時、スマホが震えた。

通知は……ニュースアプリからだ。

開いてみると、この間、先輩と部室で話した後に、なんとなく通知ワードとして設定していた、あの音楽グループ絡みの最新ニュースだった。

「……マジか」

内容を見て、思わず顔を引きつらせてしまう。

この結果を知ったら、先輩はどんな顔をするだろうか。

得意げなドヤ顔か、むしろ彼女の方が驚くかも。

どちらかというと……そうだな、前者の方が先輩らしくて楽しいかもしれない。

そんな細やかな予想をしつつスマホをポケットにしまい、辿り着いた文芸部のドアをノックした。

「こんにちは、鏑木先輩」

「やあっ、待っていたよ。友樹くん！」

了

あとがき

「もしも人生を一からやり直して、それでも添い遂げたいと思えたならば、その愛は本物だ」……こんな言葉をご存じでしょうか。
　人生とは未知の連続。不可逆的なものです。誰だって大なり小なり後悔を抱え暮らせていくもの。もしもやり直せたら……そう考えたことがある人だって少なくないはずです。けれど、新たな可能性ではなく、それでも今大切にしているもの、大切にしてきたものをもう一度選べたのであれば、それは紛れもなく本物なのかもしれませんね。

……なぁんて、これ、ついさっき私が思いついた言葉なんですが！

改めまして、この度は、『人生二周目の鏑木先輩』をお手にとっていただきありがとうございました。作者のとしぞうです。
　本作は２０２２年に開催されました、ＧＣＮ文庫１周年記念『短い小説大賞』を受賞した短編、『人生２周目の鏑木先輩』を一冊分の長編にしたものです。

この賞の受賞作としては、『ハイブルク家三男は小悪魔ショタです』、『コドクな彼女』に続いて三作目——最後の作品になります。のんびりしてたら最後になっちゃった！

そんな短編『人生2周目の鏑木先輩』は２０２０年6月に投稿した、約８０００字程度の作品になります。受賞発表が２０２３年3月だったので、そこから遡っても約三年も前の作品だったということになります。

私としては当然受賞は嬉しいものでしたが、それ以上に驚き、そして三年近く前の作品を長編になんて出来るのか……と不安になりました。

しかし改めて読み直してみると……こ、この短編、面白い！（自画自賛）

まだ経験が浅い分、何でも書いたれ！　という柔軟な発想を感じさせました。

けれど、こんな展開にしたら面白そうだな、みたいなアイディアも浮かんできたのです。短編を書いて三年……おそらく私自身様々な作品を書く中で成長していたのでしょう。

まさに過去の自分と現在の自分の融合とでも言いましょうか。こりゃあとんでもないモノができそうだぜェ……と、ワクワクしたオラでした。

そんなこんなで『人生二周目の鏑木先輩』が生まれました。短編から長編に書き上げるというのは初めてではなく、過去に『百合の間に挟まれたわたしが、勢いで二股してしまった話』というひでぇタイトルの作品を書いた時も同じように短編から長編にしたので、その経験もあってか、苦労よりも結構楽しく書けたと思っています！

短編をベースにしつつも、短編には登場しない晃やコバヤシ、麻奈果なんかも出しちゃって、賑やかで楽しくなったかなーと。ちなみに作者的にはコバヤシが一番好きです!!

短編から一番変わった要素といえば、鏑木先輩の話し方でしょうか。短編ではもっとクールな雰囲気の「～だわ」「～よ」といった感じの口調でしたが、本編ではもっと砕けた感じの「～だよ」「～さ」といったちょっと中性的な雰囲気にしています。

理由は、鏑木美春という人物がより魅力的に見えるようにするためです。

彼女はただの女子高生ではなく、一度長い人生を終えて、その後再び子どもに戻ったという特別な経歴を持つ女性。その独特の経験、雰囲気を表しつつ、持ち前の無邪気さやドヤ顔が映えるような……そんな彼女の姿を想像し、吟味し、そうして描き出したキャラクター像が、この本で描いた鏑木美春です。

ただ、この物語の鏑木先輩は友樹に対する、そんな一面しかお見せできておりません。

例えば友達、家族、恋敵……それらと相対した時、鏑木先輩がいったいどんな表情を見せるのか――私自身、それが楽しみでなりません。いやぁホントどうなるんだろうね!?

願わくばこの作品が多くの方の手に届き、その結果、更に先の物語をお見せできるようになりますように……と、今から願っております。

さて、ここで嬉しいニュースをひとつ！

なんと、『人生二周目の鏑木先輩』のコミカライズが決定いたしました！

現時点でお伝えできる情報は僅かではございますが、追々ＧＣＮ文庫、または私としぞうのＸ（旧ツイッター）にて随時情報発信を行っていきますので、ぜひフォローいただき、楽しみにお待ちいただければと存じます。


それではこの場を借りまして、お世話になった方々に謝辞を述べさせていただきます。

まずは本作のイラストをご担当くださったBcoca様。爽やかなカバーイラスト、生き生きとした登場人物達……そのどれもがこの『人生二周目の鏑木先輩』になくてはならないものでした。本当にありがとうございました！

そして担当編集様。細かなやりとり、確認など、様々お力添えをいただき、誠にありがとうございました！　どうにも書籍を出すというのは、特にその立ち上げは、毎度一筋縄にはいかないもので……なんて、ここで言っていいものかは分かりませんが、無事発売に漕ぎ着けられたのはご尽力のおかげだと思っております。

そしてそして本作を『短い小説大賞』受賞作に選んでいただき、多大なサポートをいただきました、ＧＣＮ文庫編集部の皆様も、ありがとうございました。

なんでも、ＧＣＮ文庫の大本であるＧＣノベルズは２０２４年7月になんと10周年を迎えられたとのこと！　めでたい！

しかし、他の『短い小説大賞』受賞者である先生方がお祝いのサイン色紙をお送りされている中、発売発表もまだだった私は受賞者で唯一見て見ぬふりをすることに……い、いやぁまあ、変なことじゃないんですよ!?

だって10周年の期間中に作品を出したわけじゃないですからね！　この『人生二周目の鏑木先輩』は11年目の作品なわけですから……あ、賞金は貰いましたけどぉ……。

……………………………。

GCノベルズ10周年おめでとう！！！！！


そして最後に、一番に、本作をお手にとってくださった皆様。

誠に、本当に、とってもめちゃくちゃ、ありがとうございます!!

皆様にとってこの作品がお手にとっていただいた際の期待に勝るものであったことを祈ります。これぱっかりは実際に皆様のお声を聞くまではドキドキでして、ぜひご感想など、Xだったり各種レビューサイトだったり、はたまたこのあとがきの後にありますアンケートなどでお寄せいただけたら大変嬉しく思います！

私は読者の方々のお声を食べて育つ生物ですから、ぜひドシドシ……できれば優しくて甘いヤツをいただけたら嬉しいです。なーんて。でへへ。

　さてさて、「沢山書いていいよ！」と言われたあとがきも書くことがなくなってきたので、最後に宣伝でもしちゃおっかなぁ。私、としぞうですが、本作の発売を最後に『現代ラブコメ三ヶ月連続刊行』なんてことをやっておりました。

　7月には先にちょっと挙げました『百合の間に挟まれたわたしが、勢いで二股してしまった話』というシリーズの第四巻が発売しました。ひっでぇタイトル通り、女の子同士の恋愛模様を描いた面白楽しい作品になっております。

　8月には『脇役に転生した俺でも、義妹を『攻略』していいですか？』という、本作同様シリーズ第一巻となる作品が発売しました。こちらは主人公が恋愛ゲームで描かれた世界に転生し、悲しみに暮れる義妹を救うといったハートフルな作品となっております。

　どちらも尋常じゃない程に面白いので、ご興味のない方もぜひ騙されたと思ってお手にとっていただければ幸いです。


　というわけで、作家として頑張りに頑張っているわけですが、せっかくならこの『人生二周目の鏑木先輩』でも末永く忙しくしていきたいと思っておりますので、今後ともぜひ応援の程よろしくお願いいたします！

　それではまた、できれば次巻でお会いしましょう！　さようなら〜！

ファンレター、作品のご感想をお待ちしています！

【宛先】
〒104-0041
東京都中央区新富 1-3-7　ヨドコウビル
株式会社マイクロマガジン社
GCN文庫編集部

としぞう先生 係
Bcoca先生 係

【アンケートのお願い】

右の二次元バーコードまたは
URL（https://micromagazine.co.jp/me/）を
ご利用の上、本書に関するアンケートにご協力ください。
■スマートフォンにも対応しています（一部対応していない機種もあります）。
■サイトへのアクセス、登録・メール送信の際の通信費はご負担ください。

本書はWEBに掲載されていた物語を、加筆修正のうえ文庫化したものです。

この物語はフィクションであり、実在の人物、団体、地名などとは一切関係ありません。

GCN文庫

人生《じんせい》二周目《にしゅうめ》の鏑木《かぶらぎ》先輩《せんぱい》

2024年9月28日　初版発行

著者　としぞう

イラスト　Bcoca《びこか》

発行人　子安喜美子

装丁　森昌史
DTP／校閲　株式会社鷗来堂

印刷所　株式会社広済堂ネクスト

発行　株式会社マイクロマガジン社
〒104-0041　東京都中央区新富1-3-7　ヨドコウビル
［営業部］TEL 03-3206-1641／FAX 03-3551-1208
［編集部］TEL 03-3551-9563／FAX 03-3551-9565
https://micromagazine.co.jp/

ISBN978-4-86716-632-1 C0193